サジュエと魔法の本

上・赤の章

伊藤 英彦
ITOH Hidehiko

文芸社文庫

上巻もくじ

下巻もくじ

おもな登場人物

サジュエ 一二歳の少年。魔導師《まどうし》の家系に生まれたのに、魔法が大の苦手。不思議な赤い本を見つけたことから、大変なことに巻き込まれます。

ルアンティエ サジュエのおじいさん。魔法の技術に優れ、頭がよく、現役の魔導師だったころには〝大賢者《けんじゃ》〟と呼ばれました。

リアンジュ 魔導師になることを目指して修行をしている、一二歳の女の子。森の中でサジュエと出会います。

クァンホン リアンジュを育てたおじいさん。魔法の先生として多くの弟子を育ててきたことから、〝父なる魔導師〟と呼ばれています。

バオファン タイファン大陸を支配しようとたくらむ男。恐ろしい呪《のろ》いの魔法〝邪法《じゃほう》〟を使うので、その名を恐れる人たちは〝邪導師《じゃどうし》〟と呼びます。

ジャオカン 地下に街をつくる特殊民族、ユアン人の戦士。クァンホンの弟子で、リアンジュにとってはお兄さんのような人です。

チェンジン ユアン人戦士で、クァンホンの弟子。ジャオカンの親友。お祭り好きな明るい性格ですが、細かな気配りをする面もあります。

ヤオシェン 小柄《こがら》なユアン人としては大きな体の戦士で、チェンジンの親友。まっすぐな性格で、思いつめるところもありますが、とても仲間思いです。

ペイワン　ずっとクァンホンの弟子として、修行を続けてきた魔導師。気むずかしくて神経質なところがあります。

キゼ　国際的な魔導師の組織で事務総長を務める魔導師。八歳で魔導師になり、若くして〝天才〟とたたえられました。

ユンジュ　キゼが事務総長を務める、国際魔導師機構で働く魔導師。とてもまじめで、几帳面《きちょうめん》な性格です。

ルイジ　国際的に指名手配されている〝盗み屋〟。魔法の道具を作る職人、〝魔具工《まぐこう》〟でもあります。短気ですが、理論家です。

リンダ　ルイジの相棒として〝盗み屋〟をしている魔導師。よく笑う、明るい性格の女の人です。

ハンジエ　森に住む特殊民族、チュイ人の若者。特殊な魔法を使う、〝木霊《こだま》使い〟と呼ばれる魔導師のひとりです。

タイファン大陸地図
ティンフェイ地方
グイファン
王国
シュアンベイ山脈
ディアンスン
共和国
サジュエの
おじいさんの家
キアンナン地方
■チジン空中王国

フェイクーン山
ユアンジ盆地
ジフェン地方
ジアンミン
共和国
ランス地方
ボマオ民主共和国
■首都ヘミン
南ランス王国
■首都ヘチェ
ジュエドウ
連邦共和国
ジンガン川
フェンジ
民主共和国
ニウタ
地方
港町クンガン
N

もう子どもじゃないけれど、まだオトナでもない。
君たちがそんな年ごろになったら読んでほしいと考えながら、
お父さんはこの話を書きました。

サジュエと魔法の本　上

赤の章

一・本の部屋で

サジュエが、キアンナンにあるおじいさんの家を訪ねたのは、よく晴れた夏の日でした。おじいさんの家で、夏休みを過ごそうと思ったのです。

おじいさんの家は、キアンナン地方北部の大きな草原の中にありました。見渡すかぎりの広い草原の中の、小高い丘の上にあった古い僧院を作り直した石造りの建物で、二階建て母屋《おもや》の赤茶色の屋根と、そのとなりにある丸い塔が遠くからもよく見えました。そこは、サジュエの住んでいる街から一〇〇〇キロ近く離れていましたが、まだサジュエの街と同じディアンスン共和国の中でした。

サジュエのおじいさんは、かつて〝大賢者《けんじゃ》ルアンティエ〟とたたえられたほどの優れた魔導師《まどうし》でした。歴史の授業で三〇年前の〝ジフェンの戦い〟のことを習ったとき、先生はおじいさんのことをとてもほめてくれました。多くの人からしたわれた人柄や偉大な魔法の技、戦いでの戦略の立て方など、クラスメイトの間でもサジュエのおじいさんはあこがれの的《まと》でした。でも、サジュエは半分いやな気持ちでした。歴史に名を残す大魔導師の孫でありながら、サジュエは魔法が大の苦手だったからです。

魔法の授業でも、サジュエの成績はクラスの後ろの方。一二歳になった今でも、簡単なおまじない程度の魔法しか使えませんでした。いじわるなクラスメイトは、よく「落ちこぼれ魔導師」と言ってサジュエをからかいます。でも、サジュエはのみ込みが早く、魔法以外はどの教科もそこそこいい成績でしたし、運動神経もよくて、どちらかと言えば優等生なのです。

だいたい、サジュエは大人になっても魔導師になる気はありませんでした。それに、お父さんもお母さんも、そしておじいさんも、サジュエのなりたい職業につけばいいと言ってくれていました。お父さんとお母さんも優秀な魔導師なので、周りの人たちは、サジュエが魔導師にならないのはもったいないと思っているようなのですが、魔法が苦手ではどうしようもありません。そもそも、親子が同じ職業でなければいけないという決まりは、どこにもないのですし、画家の子どもが画家にならなかったり、農家の子どもが医者になったりといった話はどこにでもあるのです。どちらにしても、まだサジュエは職業を決めなければならない年齢ではないので、自分のやりたいこと、なりたい職業はゆっくり見つけようと考えていました。

キアンナン地方は、タイファン大陸の南の方にある広大な熱帯雨林地帯なのですが、おじいさんの家があるキアンナン北部の一部は、草原の広がる、おだやかで安定した気候になっていました。それは、大陸を南北に貫くシュアンベイ山脈の谷間を通って、冷たく乾いた空気がずっと北の地方から流れてくるためでした。

見わたすかぎりの草原の中を歩いていると、まるで自分の心も果てしなく広がっていくような気がしました。地面と空の間に建物がひとつもない景色を、サジュエはここで初めて見たのです。サジュエはマンションの七階に住んでいるので、家の窓からは遠くまでの景色がよく見えました。でも、そこから見えるのはたくさんの家とビルディング、学校、公園、コンクリートで岸を固められた川、そしてアスファルトで舗《ほ》装《そう》された道路でした。サジュエの住んでいる街は、便利で快適に暮らせる街ですが、サジュエの家の窓から見えるのは、人の手が作り出した機械のような景色でした。

地平線まで続く草原の中で、サジュエを乗せてきてくれた農家のおばさんの小型トラックが、砂煙《すなけむり》を上げながら走っていくのが、遠くに豆粒のように見えました。風が静かに草原をわたっていきました。人の手が加わっていないように見えるこの景色が、まったく自然のものではないということをサジュエは知っていました。今から二〇〇年くらい前には、ここに大きな牧場があってヒツジの放牧が行われていたという話を、トラックに乗せてくれたおばさんが聞かせてくれたのです。さらに、放牧が行われる前は、ここは大きな森林でした。

そう思うと、草原の中に何本か見える細い木は、昔の森の生き残りのようにも見えました。昔の人間に破壊された自然が、少しずつもとにもどろうとしているのです。こういう自然の強さのことも学校で習っていましたが、サジュエはここで初めてそれを実感しました。

石ころだらけの小さな道を歩いていくサジュエの足音に驚いて、大きなバッタがチキチキッと鳴きながら、足元のしげみから跳び上がりました。染め出したように真っ青な空の中で、太陽はもうすぐ頭の真上に来ようとしていました。風に乗って、むっとくるような草いきれがしました。サジュエは、そのにおいをいいにおいだと感じました。

ふいに、後ろから声がしました。

「思ったより早く着いたな。みんな元気だったか？」

サジュエは驚いてふり返りました。そこには白いTシャツにジーパン姿の、サジュエのおじいさんが立っていました。青いデニム地の帽子からのぞいている髪の毛も、顔のほとんど下半分を覆っているひげも半分以上白くなっていて、太陽の光に輝いていました。きっと、この人を見ても、だれも元魔導師だとは思わないでしょう。

「おじいちゃん。ぼくが来ること、知らせてなかったのに、どうしてわかったの？」

「虫の知らせというやつだよ」

「ああ、キアンナンは田舎《いなか》だから虫がいっぱいいて、いろんなことを知らせてもらえるんだね」

サジュエがそう言うと、おじいさんは大笑いしながら言いました。

「こいつめ、いやな冗談《じょうだん》を言うようになったな。さあ、家に入ろう。わしに夏休みの宿題を手伝わせに来たんだろう」

「ぼくがいやな冗談を言うのは、おじいちゃんゆずりだね。宿題を手伝わせに来たんじゃないよ。魔法について書いてある本を見せてもらいに来たんだ」

おじいさんは笑いながら、母屋の分厚い木の扉を開けると、サジュエの肩に手をまわして、食事をするときに使っている部屋へ連れて行きました。サジュエがテーブルにつくとすぐに、カモミールのお茶とクッキーが出てきました。まるで、サジュエが途中で昼食をとってきたこともお見通しのように、準備がしてあったようです。この家にひとりで暮らすようになって、おじいさんは料理をするのが好きになりました。

カップにお茶を注ぎながら、おじいさんが言いました。

「宿題なんか、あわてて始めなくてもいいだろう。苦手の学科なら、なおのことだ。お茶でも飲んで、ひと休みしてから始めればいい。どうせ、夏休みのおしまいギリギリまでこの家にいるつもりなんだろう?」

サジュエは、いたずらっぽく笑ってうなずきながら、お茶をひと口飲みました。でも、お茶が熱かったので、口の中を少しやけどしてしまいました。

「しょうのないやつだな。食事でやけどをしないまじないくらい、お前でもできるだろう。どれ、口を開けてみなさい」

おじいさんは、呪文を唱えてサジュエのやけどを魔法で治してくれました。

三年前におばあさんが亡くなって、しばらくするとおじいさんは「魔導師を引退して隠居《いんきょ》する」と言ってこの家を買いました。大草原の真ん中で、世の中のことにわずらわされず、のんびり暮らそうと思ったのです。だから、サジュエの家の電話を新しくつけかえたとき、「おじいちゃんも、つけたら？」と言っても、おじいさんは「電話なんかあったら、わずらわしいからな」と言ってつけようとしませんでした。

「こんなところでも郵便屋は来てくれるし、ラジオがあれば新しい情報は入ってくるし、よっぽどのことがあれば、わしの魔法でなんとか連絡はとれるさ」

と、いうのがおじいさんの意見でした。

たまに、若い魔導師が〝大賢者ルアンティエ〟を訪ねてくることもありますが、それ以外は野菜や薬草や香草を育てたり、星の動きを観測したり、本を書いたりしながら、おじいさんは気ままなひとりの生活を送っていました。

おじいさんに言わせると、この家のある場所は〝とてもいい場所〟なのだそうです。

「ここに僧院を建てようと考えた人は、土地を見る目があったんだな。人の顔にも、人相《にんそう》のいい顔と悪い顔があるだろう。土地も同じで、〝地相《ちそう》〟と言うんだ。観光地で有名なボマオ民主共和国のディーンユエや、昔、ユアン人の聖地があったフェイクーン山などは、とても〝地相〟のいい場所だ。そういう土地には自然と、神さまや精霊《せいれい》をまつる場所が造られて、人が集まる。そして、人々の祈りがまたそこを〝いい場所〟にしていくんだ」

おじいさんは、そう言いました。

この世界には〝いい場所〟と〝悪い場所〟があって、〝いい場所〟には悪いものは寄りつかないし、作物などは自然によく育ち、住む人は幸せになれるのだそうです。逆に〝悪い場所〟は、邪悪なものが好む、よくない場所なのだそうです。たしかに、おじいさんの畑にはおいしい野菜がよく育っていました。

家の中も、おじいさんが自分の好みで作り変えていました。魔導師だからというわけではないのですが、おじいさんは機械が好きではなかったので、電化製品をほとんど置きませんでした。家具を入れかえて、絵や写真を壁に飾り、壁紙をはったりカーテンをつけたりカーペットを敷いたりしたおかげで、もともと飾り気のない僧院だった家が、感じのいい暖かな家になっていました。会議室などの部屋は居間や応接間に、調理室はもっと使いやすい台所に、地下の貯蔵庫《ちょぞうこ》はワイン蔵《ぐら》に、塔の上の図書室はそのまま書物の部屋になりました。礼拝堂があった場所には、物置小屋を建てました。

お茶を飲み、おやつを食べてひと休みすると、サジュエは二階の部屋に連れて行かれました。もとは倉庫だった小さな部屋でしたが、ベッドも勉強机も本棚もあって、きれいにそうじがしてありました。窓から外を見ると、丘の南側を流れている小川がよく見えました。

「お前がこの家にいる間、この部屋はお前の部屋だ。好きなように使っていいからな。何か注文はあるかね？」

おじいさんが聞くと、サジュエはきゅっと気むずかしそうな顔を作り、ホテルのお客のように言いました。

「カーテンが、地味というか、年寄りくさい感じですねえ。もう少し明るい、たとえば若草色の方がいいですね」

おじいさんは「かしこまりました」と言って呪文を唱えると、カーテンの色を変えてくれました。サジュエは「ありがとう」と言って、おじいさんの手におやつの残りのクッキーを一枚のせました。

「何だこりゃ。チップのつもりか？」

「いやだなあ、正しい発音は〝チップ〟じゃなくて〝ティップ〟ですよ」

おじいさんは笑いながら、怒った顔をつくって、サジュエの頭をげんこつでコツンとたたくと、部屋を出て行きました。

サジュエは、かばんを置いて上着をクローゼットにかけました。それから、教科書とノートを持つと、母屋を出て塔の上に上がっていきました。塔には、しっかりとした木の階段がつけられていて、一番上にある本の部屋までらせんを描いて登っていくようになっていました。

階段の外側の壁には、小さな丸い窓がいくつも切ってあって、階段に十分な光が取り込めるように設計されていました。でも、窓が高い位置にあるので、よほど背の高い大人でも外の景色を見ることはできないようになっていました。昔、僧院の修行僧たちは「天界に近い場所でこそ、真理の悟りに近づくことができる」という考えから、この塔の上に、学習したり心の修行をしたりするための場所として図書室を作りました。そこへ登るための階段から外の景色を見下ろすことは、修行の道をはずれる行いとして禁じられていたのです。

階段を登りきると、天井《てんじょう》に開いた入り口から本の部屋に入るようになっていました。サジュエは、自分が本の部屋の床から生えてきたような気がして、「にょきにょき」とつぶやいて笑いました。部屋の中には、天井までとどきそうな高い本棚が並んでいました。本棚に囲まれて、部屋の真ん中あたりに小さな丸いテーブルと四つのいすが置いてありました。テーブルの上に教科書とノートを置くと、サジュエは部屋の中を歩いて回りました。

大きな天窓から太陽の光が入ってくるので、部屋の中は少しも暗くありませんでした。ふとサジュエは、真夏の、しかも真っ昼間の日差しの入っている部屋が、なぜこんなにすずしいのだろうと思いました。たしかに、うまく風が通るように作られた部屋ですが、すずしいとまで感じるはずはありません。よく見ると本棚のひとつひとつに、木彫りのクジラの小さなレリーフがかけてありました。おじいさんが作ったもののようでした。優秀な魔導師に魔法をかけられたレリーフは、空気を快適にし、夜にはきっと照明の役割もするのでしょう。

サジュエは、そのレリーフのひとつに向かって話しかけてみました。

「魔法の歴史について書いてある、子どもでもわかるような本はないかな」

すると、三つ向こうの本棚にかかっているレリーフのクジラが「こちらにありますよ」と答えました。サジュエは「ありがとう」と言って、その本棚の方へ行きました。

ふと、何か変な感じがして、サジュエは立ち止まりました。それは、とてもかすかな、言葉ではうまく言い表せないような感覚でした。しいて言えば、まるで風に名前を呼ばれたような感じ、といったところでした。

本棚の上の方に、赤い色をした本がありました。それは、とても鮮やかな朱色《しゅいろ》の本でした。古くて分厚い、くすんだ色の文献が並んでいる中に、その本はありました。奇妙な存在感のあるその本は、まるで懸命にかくれようとしているかのように、本棚に収まっていました。木でできた脚立を部屋の隅《すみ》から持ってきて登り、サジュエはその本を手にとってみました。

とても古そうな本なのに、ほとんど色あせもせず、傷《いた》んでもいませんでした。中に書かれている言葉は、見たこともない文字でした。不思議なことに、文字は全然読めないのに、書かれていることはわかりました。まるで、本の中身が頭の中に流れ込んでくるようでした。サジュエは、心臓がドキドキして指先がしびれ、何も聞こえなくなりました。

「これ……魔法の本だ。魔法について書いてある書物じゃなくて、この本は、本自体に魔法の力が仕込んである、魔法の道具なんだ……」

突然、サジュエの頭の中に〝飛行の呪文〟が浮かびました。次の瞬間、サジュエは開いている天窓からものすごい速さで外に飛び出し、空高く舞い上がりました。

サジュエは、自分がどこにいるのかもわかりませんでした。ぼんやりと、夢の中にいるように感じながら、自分が空の上に浮かんでいることがだんだんわかってきました。地面がはるか下の方にあって、まるで若草色のカーペットのようです。遠く南の方に見える海も、地面にはりつけてあるように見えました。サジュエが「このまま、いつまで浮いてるんだろう」と思ったとたん、何かの支えがはずれました。

サジュエの体は、真っ逆さまに落ちていきました。でも、サジュエはすぐに、自分がまっすぐに落ちているのではないことに気づきました。ただ落ちるよりもずっと速く、サジュエの体は突風に包み込まれて、どこかに運ばれていくようでした。雲の中を突き抜け、高い山の上をかすめ、上がったり下がったり、ぐるぐる回ったりしながら、いくつもの河や街を飛び越えました。サジュエには、自分がどうなるのかもわからず、自分では何もできず、空からの景色を楽しむ余裕もありませんでした。

急に、地面がどんどん近づいてきたかと思うと、サジュエは大きな森の中に突っ込みました。太い樹々《きぎ》の間をくるくるとすり抜けながら、それでもサジュエの体はすごい速さで飛び続けました。サジュエは恐くて、声を出すことも目を開けていることもできませんでした。ただ全身をギュッと硬くして、体が右へ左へとゆすられるのを感じながら、自分が障害物をよけて飛び続けていることだけはわかっていました。

突然、サジュエは木立ちから飛び出し、森の真ん中にある大きな沼の中に飛び込みました。ドン、というすごい音がして、何十メートルもの高さまで水柱《みずばしら》が上がりました。サジュエは痛みとともに急に冷たい水に包まれ、たくさんの泡に包まれたのを感じました。うすれていく意識の中で、サジュエは自分の方に向かって泳いでくる人の姿を見ました。

気がつくと、サジュエは草の上に寝かされていて、そばにはふたりの子どもが座ってサジュエを見ていました。

「気がついた？」

そばに座っている子どものひとりが、サジュエの顔をのぞき込んで言いました。腰まである長い髪を三つ編みにして一本に束《たば》ねて、黒いワンピースを着た、サジュエと同じくらいの年ごろの女の子でした。女の子の胸元に、青い石のペンダントがあるのが見えました。色白の細い指が、サジュエのほおにやさしくふれていました。

「びっくりしちゃった。すごい速さで沼に落ちてくるんだもん。最初、いん石かと思ったんだよ」

サジュエが答えました。

「ぼくは、いん石ほどは珍しくないけど……。君たちが助けてくれたんだね、ありがとう」

「いん石なんかより、人間が空から落ちてくる方がずっと珍しいと思うよ。よかった、大丈夫みたいだね。あたし、リアンジュ。こっちはユアン人のジャオカン。ジャオカンが最初にあなたを見つけたの」

よく見ると、そのジャオカンは子どもではなく、あごにひげを生やした大人でした。ユアン人は、大人でも身長が子どもくらいの民族なのです。顔を見ると、ジャオカンは三〇歳くらいで、とてもやさしそうな顔立ちをしていました。深緑色のシャツを着て枯《か》れ草色のズボンをはき、腰には五〇センチほどの太いナイフを差していました。

「ありがとう、ジャオカン。ぼくはサジュエ……。ぼく、けがをしてたんじゃない？」

「してたよ。たいしたことは、なかったけどね。あたしたちが治したの」

「君たち、魔導師なの？」

「魔導師になりたくて、修行中。ジャオカンは戦士だけど魔導師で、あたしといっしょに魔法を習ってるの」

そのとき、ジャオカンがぼそりと言いました。

「サジュエ、君の持っているその本は、魔法の力が込められたもののようだが、君は魔導師なのか？」

「これは、ぼくのおじいちゃんの本なんだ。ぼく、知らないで勝手に持ち出しちゃったんだ。おじいちゃんは、元魔導師だよ」

「ねえ、それ〝朱《あか》の書〟っていうんじゃない？　あたしのおじいちゃんが、それによく似た〝蒼《あお》の書〟っていう本を持ってるの」

サジュエが、パッと起き上がって言いました。

「〝朱の書〟？　〝蒼の書〟？　この本、すごいものなの？」

「すごい力を持ってるのは、あなたもあたしたちも見たとおりでしょ。……あなたが、その本を使って飛んできたんじゃないの？」

「どっちかと言うと、本が勝手に飛んできた感じ。ぼく、魔法は苦手なんだ」

物心のついたころから、魔導師や魔法の上手な人ばかりがいる環境で育ってきたので、リアンジュには、サジュエの言う魔法が苦手だということがよくわかりませんでした。本の魔法の力にふり回されて飛んできたということも、言葉としては理解できるのですが、実感としてはピンときていませんでした。

「ねえサジュエ、あなたどこから飛んできたの？」

「キアンナン地方の北のあたりから」

「キアンナンって、一万キロか、もっと遠く離れたところじゃなかった？　ここ、ティンフェイだよ」

リアンジュにそう言われ、サジュエは驚いて、すぐには言葉が出てきませんでした。

「……ぼく、あっというまに大陸の東の端《はし》っこまで飛んできちゃったのか。どうしよう、キアンナンまで帰れないのかなあ……」

そうつぶやいた瞬間、頭の中に〝帰還《きかん》の呪文〟が浮かび、サジュエはヒュッと飛び上がって、あっというまに見えなくなってしまいました。

リアンジュが言いました。

「……行っちゃった。さよならって言えなかったね」

「彼とは、きっとまた会えるよ。わたしは何か、不思議な運命のようなものを感じるんだ。さよならを言えなかったのは、言う必要がないからなのかもしれないよ」

サジュエの飛んでいった方角の空を見つめながら、ジャオカンがぼそりと言いました。あとは、森の鳥たちの声だけが聞こえていました。

サジュエは、気がつくとおじいさんの本の部屋にいて、もとどおり脚立の上に立っていました。赤い本は何もなかったようにサジュエの手にあり、沼に落ちたのにこの本だけはぬれてもいませんでした。サジュエは本を元の本棚に返すと、脚立を降りました。まだ少し手が震えて、心臓がドキドキしています。

「夢を見てたのかな……」

でも、サジュエの服はまだ少しぬれていて、あの沼の岸に生えていた草のにおいが残っていました。そして、ほおにはリアンジュの白い指のぬくもりも残っていました。

そのとき、階段の方からおじいさんの足音が聞こえてきました。

「どうだ、宿題か、それとも昼寝ははかどってるか？」

サジュエを見つけると、おじいさんは声をかけました。サジュエはおじいさんが冗談を言ったことにも気づかずに、聞きました。

「おじいちゃん、あの赤い本、特別な本なの？」

サジュエの指さす本棚を見ると、おじいさんの顔色がさっと変わりました。おじいさんはサジュエの眼をぎゅっと見つめ、自分自身を落ち着かせようとしながら言いました。

「お前、あの本が、見えるのか……?」

サジュエの肩をつかんだおじいさんの手は、小さく震えていました。おじいさんのただならぬ様子に、サジュエはただうなずくことしかできませんでした。おじいさんは、あごのひげをなでながら深く息をつくと、言いました。

「そのとおり、あの本は特別な本だ。不用意に持ち出しては危険だから、人の目に入らないよう魔法をかけてかくしておいたんだ。いや、わしの魔法は今もまだ効いている。現役の魔導師だって、よほど注意深くないと気づかないほどの、強くて複雑な魔法なんだ。なのに、なぜお前にあの本が見えたんだろう」

おじいさんは、しゃべりながら懸命に落ち着こうとしているようでした。サジュエは、だまって聞いていました。

「あの本が特別だと思ったってことは、お前、あの本を開いたんだな」

「うん、開いた。……空も飛んだ」

おじいさんの顔色が、またはっきりと変わりました。おじいさんはテーブルの方へふらふらと歩いていくと、いすにドスンと腰かけ、テーブルにひじをついて両手で顔を覆いながら言いました。

「よく無事に、帰ってこれたもんだ……」

サジュエもいすに腰かけました。おじいさんがあまりにもひどく驚いているので、「ひょっとして、ぼくをからかってるのかな」とも思いました。でも、顔を上げたおじいさんの表情は真剣でした。冗談を言うときの、あの楽しそうな光はその眼にはありませんでした。

「サジュエ。お前があの本の力で空を飛び、帰ってきたのはわかった。それ以外には何があった？」

サジュエは、空を飛んでティンフェイ地方まで行ったこと、そこでリアンジュとジャオカンに出会ったことなどを正直に話しました。

おじいさんが聞きました。

「その女の子は、たしかに〝朱の書〟と言ったのか？　そして、おじいさんが〝蒼の書〟を持っていると言ったのか？」

サジュエはだまって、しっかりとうなずきました。おじいさんはサジュエの眼を見つめていた視線をテーブルに落とすと、しばらくだまったまま考え込んでいるようでした。やがておじいさんは、ゆっくりと顔を上げて言いました。

「サジュエ、お前はもう一二歳だ。小さい子どもとはちがうから、この本のことを教えてやろう。大切なことだから、よく聞きなさい」

サジュエは、小さく「はい」と言ってうなずきました。

「そのとおり、この本は〝朱の書〟と呼ばれている。〝四神経《ししんきょう》〟という、四冊でひと組になった本のうちの一冊だ。その女の子が言っていた〝蒼の書〟以外に〝白《しろ》の書〟と〝玄《くろ》の書〟があって、それぞれとても強力な魔法の力が込められている。ルン語という、古代の魔法言語で書かれていて、〝読んでもわからず読まなくてもわかる〟と言われる本なんだ。わしの手にも負えないほど強力なんで、かくしておいたんだ」

おじいさんは、ひとことずつ言葉を選びながら、ゆっくりと話しました。

「ほかの三冊はどこにあるの？」

「〝蒼の書〟を持っているのなら、お前が会った女の子のおじいさんはクァンホンという魔導師だ。ほかの二冊も、事故が起こらないように優秀な魔導師たちが守っている。いいか、この本のことはお前の親にも言ってない。だれにも秘密だ。この力が悪用されるようなことがあってはならんからな。わかったな」

サジュエは、また「はい」と言って大きくうなずきました。いつのまにか日が暮れていて、天窓には星空が見えました。本棚にかけられたクジラのレリーフが、淡い光で部屋を照らしていました。おじいさんが、いすから立ち上がりながら言いました。

「さあ、夕食にしよう。宿題をするより、よっぽど腹が減っただろう」

おじいさんの眼には、いつものいたずらっぽい光がもどっていました。

母屋にもどると、食事の部屋には今用意ができたばかりのように、夕食が湯気をたてていました。テーブルの上には、焼きたてのパン、マガモのロースト、川魚のフライ、野菜のスープやサラダ、新鮮な果物のジュースなど、レストランのシェフが作ったような料理が並んでいました。
「これ、おじいちゃんが作ったんだよね。普通に料理したの？　それとも魔法を使ったの？」

「一流の料理人の技というのは、魔法にも匹敵《ひってき》する芸術なんだよ。さあ、ノートを置いて、手を洗ってきなさい」

おじいさんは得意げに、そしていたずらっぽく笑って言いました。

おじいさんの料理は、本当にレストランのようにおいしい料理でした。でも、サジュエはそのおいしさを感じることができませんでした。おなかはすいていました。だからスープをおかわりもしましたし、パンも四個食べました。それでも、口の中で感じているおいしさが、心まで伝わってきませんでした。

サジュエはなんとなく食事をして、なんとなくお風呂に入って、なんとなく歯をみがいて、気がつくとベッドの上に横になっていました。

体はとても疲れているのに、サジュエは眠ることができませんでした。それは、今日、とてもたくさんの不思議なことを経験したからでした。おじいさんから聞かされた〝朱の書〟のあまりに重大な秘密が、重く心にのしかかっていました。そして、ティンフェイの森で出会ったリアンジュの顔が、心の中から消えませんでした。

二・老魔導師《まどうし》の死

リアンジュとジャオカンは、森の中を急いで歩いていました。日が暮れる前には家に帰り着くはずだったのに、空から落ちてきたサジュエを助け、介抱《かいほう》しているうちに時間がたってしまったのです。

まだ太陽は、西の山々に完全にかくれてはいませんでしたが、森の中はもう暗くなり始めていました。巣に帰ろうと集まってきている鳥たちの声で、にわかに頭の上がさわがしくなってきていました。

森の中には、枯《か》れた大木がところどころに倒れ、低木のしげみなどもあって、平らでまっすぐな道はほとんどありませんでした。暗くなればなるほど、歩く速さは遅くなってしまいます。それでも、長い間に多くの人が歩いてできた細い通り道が、ふたりを家に導いていました。

リアンジュは歩きながら、ずっとサジュエのことを考えていました。幼いころに両親を亡くして、おじいさんのクァンホンに育てられたひとりっ子のリアンジュは、自分と同じ年ごろの子どもを見たことがほとんどありませんでした。

「サジュエって、どんな生活をしてるんだろう。学校に行ってるのかな。家族は、何人いるんだろう……」

リアンジュは、地図の上にある場所としてしか知らなかったキアンナンが、サジュエと出会ったことで、とても身近なすばらしい場所のような気がしてきました。ほとんど森から出ることなく育ち、学校にも通ったことのないリアンジュにとって、ただの知識でしかなかった森の外の世界が今、現実のものとして強く意識されるようになっていたのです。

小さいころから、遊び相手といえばおじいさんの弟子の若い魔導師や、ジャオカンたちユアン人でした。だから、リアンジュは一二歳の女の子としては豊かすぎるほどの魔法の知識と、優れた体力を持っていました。でも、比べる相手のいないリアンジュには、それがすごいことかどうかもわかりませんでした。

「考えごとをしながら歩いていると、危ないよ」

ジャオカンの声で、リアンジュははっとわれに返りました。足元がかなり暗くなってきていることにも、気づいていなかったのです。リアンジュは、顔が熱くなってくるのを感じました。

「顔が赤い。ひと休みするかい?」

ジャオカンに言われて、リアンジュは頭を横にふりました。まだ一時間は、暗い森の中を歩かなくてはなりません。ジャオカンが、かばんからランタンを出して火をつけました。リアンジュは、自分のかばんに入っている薬草をたしかめました。

ふたりはもう何年も、こんなふうに沼の方まで薬草を採《と》りに行くことを続けていました。リアンジュのおじいさんの持病に効く薬を作るために、週に一回は採りに行かなくてはならないのです。リアンジュが生まれるよりもずっと前から、おじいさんは病気のせいであまり遠くまで出かけられなかったので、弟子の魔導師やユアン人たちが薬草を採りに行っていたのです。いつも朝八時ごろに家を出て、帰ってくるのは夕方の五時半ごろでした。

今日は、もう七時を回っているころでしょう。太陽は西の山々のかげに沈み、空には夕焼けの色が少しだけ残っていました。ようやく、リアンジュの家の明かりが遠くに見えました。

リアンジュが住んでいる家は、尾根《おね》の先の、大きな岩の上に建っていました。卵が立ち上がったような形をしたこの巨大な岩の下には、河が静かに流れていました。この河のずっと上流には、水の精霊《せいれい》と深い関わりを持つと言われるリウ人たちが住んでいて、リアンジュは小さいころに一度だけ若いリウ人に会ったことがありました。

尾根からリアンジュの家までは木のつり橋がかかっていて、河の五〇メートルくらい上を歩いて渡るようになっていました。つり橋はしっかりと作られていましたが、体の軽いリアンジュが渡ってもギシギシと音がしました。小さいころのリアンジュはこのつり橋が恐くて渡れず、いつもだれかに抱いてもらって、目をつぶったまま渡してもらっていました。

リアンジュとジャオカンが家に帰りついたとき、玄関ではおじいさんの一番弟子である魔導師ペイワンが、薬剤師のような丈の長い白衣を着て、気むずかしい顔をして待っていました。

リアンジュは、このペイワンが好きになれませんでした。若いころからずっと、おじいさんのために薬を調合《ちょうごう》してきたペイワンは、優秀な魔導師であり医者でもありました。でも、リアンジュは、ペイワンのことを少しもやさしいと思うことができませんでした。いつも神経質そうにしていて、リアンジュが何か失敗したりするとねちねちとお説教をするのです。リアンジュはいつも、ペイワンの近くには、できるだけ近寄らないようにしていました。

「ふたりとも、遅かったですねえ。何か楽しいことでもあったんですか？」

ペイワンが嫌味を言うと、ジャオカンが答えました。

「今日は沼の方では風が強くてね、歩いているとすぐに目にほこりが入るんだ。とても進めないので、しばらく休んでいたんだ。心配をかけてすまなかった」

「私は心配などしませんが、先生がリアンジュを心配しておられますから、早く行って顔を見せてあげなさい。ああ、薬草は置いていってください」

リアンジュは、薬草をかばんから出してテーブルに置くと、おじいさんの部屋に走っていきました。サジュエのことをペイワンに言いたくなかったので、ジャオカンがうまく答えてくれてほっとしていました。

おじいさんの部屋は離れになっていて、母屋《おもや》とは渡り廊下《ろうか》でつながっていました。リアンジュが部屋の扉をノックしようとすると、扉をたたく前に中から「入りなさい」と声がしました。おじいさんは、廊下を歩いてくる足音でだれだかわかるらしく、気づかれる前にリアンジュが扉をノックできるのはおじいさんが眠っているときだけでした。

「ただいま。遅くなって、ごめんなさい」

リアンジュは、扉から顔だけ出してあやまりました。おじいさんは、ベッドの上でにっこり笑って手まねきしました。リアンジュは、おじいさんのほおにキスをすると、ベッドの横に置いてあるいすにちょこんと腰かけ、やさしくおじいさんの手をさすりました。

この二、三年は体調が思わしくなく、おじいさんはほとんど寝たきりになっていました。リアンジュの採ってくる薬草で作った薬も飲んで、食事もちゃんととっているのですが、思うように体に力が入らないのです。リアンジュが手をさすりながら、力が出るように魔法をかけてあげると、そのときは少しだけ気分がよくなるようでした。

「おじいちゃん、あのね、話しておきたいことがあるの。今日、沼であったこと。たぶん、とても大事なこと……」

おじいさんには、リアンジュが自分の体を気づかってくれていることがよくわかりました。

「わたしなら、心配ない。話しなさい」

おじいさんがにっこり笑ってくれたので、リアンジュは少し安心して話し始めました。

「沼で薬草をつんでるときに、空から人が落ちてきたの。最初に見つけたのはジャオカン。すごい速さで森の木の間をすり抜けてきて、沼に落ちたの。ズドンって、ものすごい音がして、ジャオカンがすぐに沼に飛び込んで助けに行って、岸に引き上げたの。沼に落ちたときに、体中が打ち身になってたから、治してあげた」

「その人の名前は？」

「サジュエ。あたしと同じくらいの年の、男の子。キアンナンから飛んできたんだって」

リアンジュは、言葉を切って耳を澄ましました。部屋の周りの気配をさぐっているのでした。リアンジュを安心させるように、おじいさんが言いました。

「だれもいない。心配しなくていいから、続けなさい」

「サジュエは、本を持ってたの。おじいちゃんの〝蒼《あお》の書〟によく似た、きれいな朱《しゅ》色《いろ》の本。サジュエは、知らずに持ち出した、おじいさんの本だって言ってた。古そうな本なのに少しも傷《いた》んでなくて、沼に落ちたのに全然ぬれてなくて……。サジュエが『帰れないかなあ』って言ったとたんに、ヒュッて飛んでいって見えなくなっちゃったの」

それから、ふたりはしばらくだまっていました。リアンジュはおじいさんの言葉を待って、ただおじいさんの手をさすっていました。

「〝朱《あか》の書〟が出てきたのか……」

おじいさんがつぶやいたので、リアンジュは顔を上げました。

「その子のおじいさんは、かつて〝大賢者《けんじゃ》〟とたたえられた魔導師、ルアンティエだ。わたしの、すばらしい友人のひとりだよ。現役をしりぞいてはいるが、今でもこのタイファン大陸一の優れた魔法の使い手だ。その彼が〝朱の書〟を、子どもが簡単に持ち出せるほど雑に管理しているとは考えられない。なぜ、その子が〝朱の書〟を持ち出すことができたのか、そのことに何か意味があるのか、それはまだわからないがな。

……リアンジュ、立ちなさい」

そう言って、おじいさんはベッドの上で上体を起こそうとしました。リアンジュがはっとして手を貸そうとしましたが、おじいさんは自分で起き上がりました。

「お前のペンダントの石を両手で持って、目を閉じなさい」

深くひと呼吸すると、おじいさんの声が変わりました。床がびりびり震えそうな、低くて張りのある声で、おじいさんは儀式の言葉を唱え始めました。

「……四大《しだい》の精霊の御名《みな》のもとに、ただ今この場において、リアンジュ、そなたを正式に魔導師とする。これよりのちは悪《あ》しきをしりぞけ、善なるものに従い、真理を求め、魔法の技の研鑽《けんさん》に努めることを、おのれの魂に銘じなさい」

リアンジュは、あまりに突然のことに驚き、感激に震えながら、小さな声で「はい」とだけ答えました。おじいさんは、枕元に置いてある水差しから水を少し手に取ると、その水を指先につけ、リアンジュの額《ひたい》に神聖文字を書いて祝福しました。

人が魔導師になるためには、高位《こうい》の魔導師から認められ、任命の儀式を受けなければなりません。でも、タイファン大陸全体の魔導師をまとめる国際的な組織ができてからは、試験を受けて魔導師になる方法もできました。また、魔導師の資格が取れる学校も作られました。昔は十代で魔導師になる人も多かったようですが、今は大学を卒業してから二十代で魔導師になる人がほとんどです。

任命の儀式を終えると、おじいさんはにっこり笑って、また横になろうとしました。リアンジュは、今度は手を貸すことができました。

「なぜ急に、あたしを魔導師にしてくれたの？」

「そうだな、理由は三つある。まず、お前がもう十分に魔導師を名乗れるだけの実力を身につけていること。たしかに、一二歳というのは魔導師としては若い方だが、なに、早すぎるということはない。わたしの古い友人であるキゼは、八歳で魔導師になったからな、残念ながら最年少記録ではない。

二つ目は、わたしの体のことだ。もう、いつまで生きていられるかもわからないからな。おっと、泣いたりしないでくれよ。辛《つら》いこととも、ときには冷静に向かい合わなくてはならん。魔導師なら、なおのことだ。まだまだお前には、祖父としてではなく魔導師として、伝えておかなくてはならないことがあるんだよ。

そして三つ目は、あの邪導師《じゃどうし》のことだ。これはただ、わたしの予感にすぎないんだが、お前が〝朱の書〟を持ったサジュエに出会ったことは、何かの予兆《よちょう》のような気がするんだ。ひょっとすると、あの邪導師のやつが再び動き出そうとしているのかもしれん」

「バオファンが……」

そう言いかけて、リアンジュははっとして口をふさぎました。おじいさんが、静かに笑いながら言いました。

「そう、それは魔導師の心得《こころえ》だ。強い力を持ったものや、邪悪なものの名を、みだりに口にしてはならん。名前にはそれ自体、強い力があるからだ。だから〝蒼の書〟も、普通は正式な名前で呼ばずに〝蒼の書〟と呼ぶんだよ」

リアンジュは、小さくうなずきました。おじいさんは、さすってもらっていた手を引っ込めて言いました。

「さあ、今日はもう休みなさい。食事が用意してあるはずだから、食べて、寝なさい。明日からは、わたしがお前にいろいろ教えることにしよう」

リアンジュは、小さな声で恥ずかしそうに言いました。

「あのね、今教えてほしいことがあるの。さっきの言葉にあった〝けんさん〟って、どういうこと？」

おじいさんは、笑いながら答えました。

「〝自分を磨《みが》き、深く高く技をきわめる〟という意味だよ。さあ、もういいだろう？そうだ、部屋にもどるときに、ジャオカンを呼んでくれないか」

「はい。おやすみなさい」

静かに扉を閉めると、リアンジュはもどっていきました。渡り廊下の窓から、天の川がよく見えました。流れ星が、さっと天の川を横切りました。

廊下を渡ったところにある談話室で、ジャオカンが本を読んでいたので、リアンジュはおじいさんが呼んでいたことを伝えました。ジャオカンは、自分が呼ばれるだろうと思って、そこで待っていたのです。

「どうしたんだい？　リアンジュ、星を見つけたのか？」

ジャオカンにそう言われても、リアンジュにはその言葉の意味がすぐにわかりませんでした。ただにっこりと笑うと、リアンジュはジャオカンにもおやすみを言って、調理場の方に走って行きました。

ジャオカンは、リアンジュの後ろ姿を見ながら、故郷に残してきた妻と子どもたちのことを、少しだけ思い出しました。もう三年以上も、家族には会っていませんでした。

ジャオカンの足音が聞こえたので、クァンホンは部屋に入るように言いました。ジャオカンは礼儀正しく一礼すると、ピンと背筋を伸ばしてベッドの横に立ちました。クァンホンがいすに腰かけるように言うと、また一礼《いちれい》して腰をおろしました。いつまでも変わらないジャオカンのまじめさに、少し笑いながらクァンホンは言いました。

「沼であったことはリアンジュから聞いた。まず君の考えを聞かせてくれないか」

ジャオカンは言葉を選びながら、そして、ベッドに横たわる魔導師の眼を見ながら、ゆっくりと話し始めました。

「あいまいな言い方で申し訳ないのですが、予感がしました。今までの平和な時代が終わり、このタイファン大陸に再び戦いの炎が燃え上がる予感です」

　クァンホンは、だまってうなずきながら、ジャオカンに話を続けるよう、うながしました。

「この半年ほど、わたしたちユアン人の街は、ディ族どもの襲撃を一度も受けていません」

　ユアン人は、主に地下で生活する民族です。大陸全体で、七二か所に地下の街を持っていて、近くにある街と街は、だいたい地下通路でつながっています。三〇年前の〝ジフェンの戦い〟以後、邪導師の手下となったディ族が、ユアン人の地下の街や通路を襲うようになりました。ジャオカンたちユアン人が、優秀な魔導師たちのところに弟子入りしたりして魔法の修行や情報交換をするようになったのは、もともとディ族から街を守るためでした。

　低い声で、ジャオカンが続けました。

「大陸中の、どの街からも襲撃の報告がなく、まったく鳴りをひそめています。ディ族どもの襲撃が半年もないなんて、そんなことはこの三〇年間で初めてなのです」

「しかし、そのことと、〝朱の書〟を持った少年のことにはまったく接点がない。ひとつのことを除いては……」

クァンホンが、静かな口調《くちょう》で指摘しました。

「はい。それぞれ〝朱の書〟と〝玄《くろ》の書〟が関係していること以外は……。ですから、これは私の予感なのです」

「予感は、大切だよ」

静かに笑いながら、ぽつりとクァンホンが言いました。

「わたしも、同じ予感がしているんだ。それが、いつ始まるのかはわからない。あるいは、もうどこかで始まっているのかもしれん。

わたしは、弟子たちをルアンティエやキゼのところに送り出していこうと考えている。次に戦いがあるとすれば、中心となってあの邪導師と戦うことになるのは彼らだからな。

ジャオカン、君にはユアン人たちのリーダーとなって、若い魔導師たちとともに戦ってもらいたい。そのための準備を始めてくれないか。しかし、このことはまだ、だれにも言わないでくれ。わたしも表向《おもてむ》きの理由を、病気が重くなったので弟子たちを送り出す、ということにするから。しばらくは、このことを君とわたしとリアンジュの、三人だけの秘密にしておきたいんだ」

「わかりました」

ジャオカンが答えると、ふたりはそのまま口を閉じました。部屋の中に音がしなくなると、窓のすき間からリアンジュの歌声が聞こえてきました。よく通る澄んだ歌声は、すずしい夜の空気に染《し》みわたって、月まで届いていくようでした。

「眠れないのだな」

と言って、クァンホンが小さく笑いました。ジャオカンが聞きました。

「リアンジュを魔導師にしたのですか？」

少し驚いたように、クァンホンが聞き返しました。

「あの子が、君に話したのかね？」

「いえ、話していません。しかし、眼の光が変わっていましたので……」

そのリアンジュの変化を、ジャオカンは「星を見つけた」と言い表したのです。これは、魔導師たちがよく使う言い方で、努力して新しい魔法を習得したり、飛躍《ひやくてき》的に技術を高めたりして魔導師としてひと皮むけた、というような意味です。また、魔導師として自分のレベルを高めるために修行をしたりすることを「星を探す」とも言います。

ジャオカンは立ち上がり、また一礼して部屋を出て行きました。クァンホンは、魔導師として祖父として、リアンジュを頼もしく、かわいく、そして少しかわいそうに思いました。幼いリアンジュが両親を亡くし、自分のところへ連れられてきた日のことは、今でもまだはっきりと思い出すことができます。クァンホンの顔には、さびしげな笑みが浮かんでいました。

魔導師になった次の日からリアンジュは、クァンホンから特別な教えを受けるようになりました。ベッドの上のおじいさんを看病《かんびょう》しているだけのようにも見えましたが、とても大切な話をいろいろ聞いていたのでした。

リアンジュは、このときに初めて〝蒼の書〟の秘密を教わりました。サジュエの持っていた〝朱の書〟に空を飛ぶ魔法が書かれているように、〝蒼の書〟には水の中で自由に活動できる魔法が書かれているということ。そのほかにも、気象を操る魔法や水に関係した魔法が書かれているということ。そして、〝蒼の書〟の本当の名前、だれにも言ってはいけない秘密の名前も教えられました。

「〝本当の名前〟を知ることは、その物や相手を支配する力を手にすることでもあるんだよ」

こうして、おじいさんから教えを受けるようになって一週間もたつと、早くもリアンジュが魔導師として成長していることが、ほかの人にもわかるくらいの変化として見え始めました。みんなと冗談《じょうだん》を言い合ったり、食事の用意やそうじをしたりしているときのリアンジュは今までと変わらない女の子なのですが、魔導師としての会話をしたりするときのリアンジュは、まるで大人のように落ち着いているのでした。

それからさらに一週間後、クァンホンは弟子の魔導師たちとユアン人たちに、集まるように言いました。一番大きな部屋に、合わせて三〇人くらいの人が集まりました。そこへ、クァンホンが現れました。部屋に入ってきた、魔導師たちの先生は車いすに乗っていて、車いすを後ろから押しているのは一番若い弟子、リアンジュでした。だまって先生を見つめる弟子たちに向かって、クァンホンは静かに話し始めました。

「今までわたしについてきてくれて、本当にありがとう。君たちも知っているとおり、わたしが病気にかかって、ずいぶん長い時間がすぎた。いつかは回復するだろうと気楽に考えていたので、結論を出せずにきてしまったが……」

クァンホンは、ふうっとひと息ついて、呼吸を整えました。

「君たちは、本当によくはげみ、よく学んだ。孫のリアンジュをかわいがってくれた。わたしが病《や》んでからは、看病までもしてくれた。どれほど言葉を重ねても表せないほど、君たちに感謝している。そして、君たちを誇りに思っている。

しかし、君たちの若い力を、いつまでもこんな森の奥で、年寄りのために埋《う》もれさせていてはいけない。もう、ここにいる必要はない。いや、いてはいけないのだ。それぞれ新しい道を見つけて、自分の人生を歩いていってほしい。新たな師につくのもいいだろう。自分で考えて修行していくのもいいだろう。今まで身につけたものを、世の中のため人のために生かしていくのもいいだろう。

病気の年寄りを残して去るのは、心苦しいことと思う。だが、心配はいらない。リアンジュがいてくれるからな。最後の弟子を育て、孫娘に看取《みと》られながら、わたしはここで人生を終わろうと思うのだ」

静まり返った部屋のあちこちで、弟子たちのすすり泣く声が聞こえました。クァンホンは、もう一度「今まで、本当にありがとう」と言うと、視線でリアンジュをうながしてゆっくりと部屋を出ていきました。

弟子たちは、クァンホンとの別れを惜しんで、なかなか去ろうとはしませんでした。それでも少しずつ、森の中の家を後にしていきました。ほかの魔導師のもとに行く者や、魔法の技を生かす仕事につく者には、クァンホンが紹介状を書いてやりました。特に優秀な魔導師たちには、信頼できる古い友人であるキゼのところへ行くよう勧めました。

ユアン人の魔導師たちも、ジャオカンにうながされ、とても残念そうに「近くに来たら、必ず立ち寄ります」と言って去っていきました。

結局、クァンホンのもとには、ふたりの魔導師だけが残りました。リアンジュとペイワンです。

ペイワンは、「私は、もう三〇年も先生についてきたのですから、今さらほかのところへなど行こうとは思いません。それに、五〇歳を過ぎた魔導師など、どこに行っても雇《やと》ってくれるはずなどありません」と言って去らなかったのです。でも、「先生がリアンジュとふたりで暮らしたいのなら」と、つり橋の反対側に小さな家を作って暮らすことにしました。リアンジュは、珍しくペイワンが自分たちに気をつかってくれたことに、少し驚きました。これまでのペイワンなら、そんな〝不合理な〟ことを自分から提案するなんて、ありえないことだったからです。

それからひと月ほどの間は、なにごともなく平穏《へいおん》に過ぎていきました。リアンジュにとっては、おじいさんとふたりだけの楽しいときでもありました。

でも、ついに運命の時はやってきました。

その日、リアンジュは沼へ薬草を採りに来ていました。おじいさんの弟子たちがいなくなってからは、ひとりで来るようになっていたのです。水辺で薬草をつんで、ふと顔を上げると、森の樹々《きぎ》の間から煙が上がっているのが見えました。リアンジュの家の方角でした。一瞬、全身をビリッと電流が走ったように、リアンジュの体がこわばりました。

「火事？」

次の瞬間、リアンジュは薬草の入ったかばんを投げ出し、はじかれたように駆《か》け出しました。走りながら自分の足に〝ウサギ足〟の魔法をかけ、飛ぶような勢いで家に向かいました。リアンジュは、自動車でも追いつけないほどの速さで、森の中の曲がりくねった細い道を走りました。それなのに、少しも家に近づいている気がしませんでした。気持ちばかりが先走って、イライラしておかしくなりそうでした。リアンジュは、ただ「おじいちゃん、無事でいて！」と心の中でくり返しました。こんなときにサジュエがいてくれたらいいのに、そんな思いがリアンジュの頭の中をチラッとかすめました。

それでもリアンジュは、風のような速さで森を駆け抜け、つり橋を渡りました。煙は、図書室や食料の貯蔵庫《ちょぞうこ》から上がっているようでした。突き刺さる矢のような勢いで家に飛び込むと、リアンジュは渡り廊下を抜け、おじいさんの部屋に駆け込みました。

そこにはペイワンがいました。そして数人のディ族が。ペイワンはクァンホンの寝ているベッドに腰かけ、にやにやと冷たい笑いを浮かべていました。その手に、何かが光りました。ペイワンの手に握られていたのは、魔導師がよく使う細長いナイフでした。

ディ族たちは、すぐにリアンジュを遠巻《とおま》きに取り囲みました。ユアン人と同じように身長が低く、全身をキツネ色の毛に覆われ、その顔つきはイヌそのものでした。

ディ族たちは、ぼろ布のような服をまとい、手には木の棒やナイフを持ち、口々に「逃がさねえぞ」「魔導師気取りの小娘が」「なんにもできねえがきだ」などと言って、ひいひいと奇妙な笑い声をたてました。

リアンジュは、おなかにぐっと力を入れると、はっきりした声で言いました。

「おじいちゃんに、何をしてるの！　そこをどきなさい！」

ペイワンは、相変わらずにやにや笑いながら、言いました。

「何もしていませんよ。ちょうど今、寿命《じゅみょう》がつきて死んだところです」

それがたいしたことではないとでも言うように、ペイワンは平然と言いました。リアンジュは、氷水の中に放り込まれたような衝撃を受け、体をこわばらせました。

今、リアンジュの心の中には、ふたりのリアンジュがいました。おじいさんを亡くして泣きじゃくっている女の子のリアンジュと、目の前にいる者たちを敵だと感じている魔導師のリアンジュです。魔導師の方のリアンジュが、表に現れて言いました。

「前からずっと、おじいちゃんを殺す機会を待っていたの？　ねらいは〝蒼の書〟？」

ペイワンは、声をたてて笑いました。

「賢い魔導師さんですね。そのとおり。私は、クァンホンの持っている〝蒼の書〟を手に入れるために、三〇年前ここへ来たのです。私の主《あるじ》、バオファン様のためにね」

邪導師の名を聞いて、リアンジュは言葉を失いました。ペイワンは、最初から裏切りを胸に秘めて、おじいさんのところに来ていたのです。

「三〇年前、〝玄の書〟を手に入れたバオファン様は、大陸西部の諸国に戦争をしかけられました。世に言う〝ジフェンの戦い〟です。しかし、ほかの三冊の本を持つ魔導師たちにはばまれ、バオファン様は敗北を喫《きっ》しました。

人は、勝利よりも敗北から、より多くのことを学ぶものです。バオファン様は、古くから言われる〝四神経《ししんきょう》をすべてそろえた者は世界を手にする〟という言葉に従い、四冊をそろえようとお考えになったのです。一冊ずつなら、手に入れていけるでしょう。では、最初に手に入れるのは？　そう、一番年寄りの、最初に死ぬはずのクァンホンが持っている〝蒼の書〟です。だから、私はこんなティンフェイなどという辺《へん》境《きょう》の森の中まで、わざわざ来たのですよ」

リアンジュは、ペイワンの言葉を聞いて爆発しそうな自分の怒りを、しっかりと抑え込んでいました。「怒りは魔法を鈍《にぶ》らせる」という、おじいさんの教えを守って、懸命にこらえていたのです。魔導師クァンホンの教えとともにあるかぎり、おじいさんといっしょにいられるとリアンジュは感じていました。

「リアンジュ、あなたのつんできてくれた薬草は、とても役に立ちましたよ」

ペイワンの言葉に、リアンジュははっとしました。一瞬、頭の中を「毒薬」という言葉がよぎりました。しかし、リアンジュのつんでいたのは、魔導師ではない人もよく使う薬草で、どう調合しても毒にはならないはずでした。リアンジュの考えていることを見透《みす》かしているかのように、ペイワンが言いました。

「薬草から、毒を調合する方法があるのですよ。新人の魔導師さんは、ご存じないでしょうけどね」

「邪法《じゃほう》……！」

「そのとおり。いやはやクァンホンという魔導師は、もう七〇歳を超えているというのに、驚くべき体力と気力の持ち主でしたよ。私の調合した毒薬を毎日飲み続けて、二四年も生きていたのですから。普通は、若い方でも二、三年で死ぬのですよ」

「きっと、あなたの毒薬なんてお酒やタバコほどには、体に悪くなかったんでしょ」

リアンジュは、そんな言葉を返せる自分に驚いていました。少なくとも、気持ちの強さではペイワンに負けてはいませんでした。でも、ペイワンは相変わらずにやにや笑いながら言いました。

「私は三〇年間、この家のどこに〝蒼の書〟をかくしてあるのか、注意深く探してきたのです。しかし、見つかりませんでした。今もディ族たちに家捜《やさが》しをさせていますが、見つかりません。つまり、普通では考えつかないような場所にかくしてあるということです。眼鏡《めがね》のレンズの中とか、ペンダントの石の中とか」

リアンジュは、あやうく胸元のペンダントの石をつかみそうになって、自分を抑えました。心の中で「罠《わな》だ」と警告する声があったのです。ペイワンの言葉に反応してペンダントをつかんでしまったら、その中に〝蒼の書〟をかくしてあると教えるようなものです。リアンジュは気を落ち着けながら、言いました。

「古いつぼに入った水の水面や、鏡にもかくせるよ。おじいちゃんは、そういう魔法が得意だったから」

「リアンジュ。その幼さで、しかも女の子がそこまで自分を抑えられるとは、驚くばかりです。とても素晴らしい。ごほうびに、命だけは助けてあげます。あなたは、亡くなったおじいさまをとむらってあげなくてはならないでしょう？　だから、〝蒼の書〟のかくし場所を言いなさい。クァンホンから教えられているはずです。〝蒼の書〟は、あなたが受け継いだのでしょう」

リアンジュは、ペイワンの話を聞きながら、周りにいるディ族たちの動きにも注意をはらっていました。そして、かかとで床をトントンたたいて〝ウサギ足〟の魔法の効力がまだ靴に残っているのをたしかめながら、きっぱりと言いました。

「あんたなんかに、〝蒼の書〟は渡さない。かくしてある場所も教えないし、場所がわかってもあんたたちなんかには取り出せやしない。……それと、前から言いたかったんだけど、あんたの、その〝ねちょっ〟としたしゃべり方、最低！」

リアンジュはそこまで一気にしゃべると、ディ族たちの間をすり抜け、弾丸《だんがん》のように窓から外へ飛び出しました。そのまま落ちれば、河に飛び込むことができます。あとは、水中での活動を自在《じざい》にしてくれる〝蒼の書〟の力で、逃げきれるのです。

河の水面まであとほんの少しのところで、リアンジュの体は何かの網《あみ》にかかったように、空中でぴたりと止まってしまいました。落下が止まっただけでなく、手足を動かすこともできなくなっていました。

上の方から、ペイワンの笑い声が聞こえてきました。

「〝蒼の書〟を持った者が、追いつめられてこの家から逃げ出すとしたら、その河へ逃げ込もうとするはずです。私は、ここに来たときからそのことに気づいていましたよ。あなたが魔導師になったので、そろそろだと思って魔法の罠を張っておいたのです。〝蒼の書〟は、そのペンダントの石の中ですね。時間はいくらでもありますから、心配はいりません。バオファン様のもとで、取り出し方を教えていただくことにしましょう」

窓からリアンジュを見下ろしているペイワンの後ろから、うれしそうにギャアギャア騒いでいるディ族たちの声が聞こえていました。

三・旅立ち

サジュエは、おじいさんの家で普通の夏休みを過ごしていました。おじいさんの本の部屋で宿題をし、家の周りで遊びました。おじいさんには、仕事を手伝わされたりしましたが、遊びも教えてもらいました。

朝起きてから花壇の花と畑の作物に水をやるのは、サジュエの仕事になりました。大きな畑に水をまくのは、なかなか大変な仕事でした。最初のうちは水やりだけだったのが、そのうちに、作物についた虫を取ったり雑草を抜いたりすることも仕事に加わりました。いつのまにかサジュエは自然に作物のことが気にかかるようになり、まるで家族や友達を気づかうように畑の様子を見に行くようになりました。

畑の仕事を続けているうちに、サジュエは作物の育っていく感じがわかるようになっていました。日差しを浴びて伸びていこうとしている様子や、雨水を吸収して力を貯《たくわ》えている様子が、畑に立っているだけで感じ取れるのでした。元気がよく感じられる野菜は、食べてもおいしいのです。逆に、元気のなさそうな野菜は、よく見ると害虫がついていたり、病気になっていたりするのでした。野菜を育てるのがおもしろくなってきたサジュエは、「大人になったら、農業をやるのもいいかな」と考えることもありました。

それから、サジュエは食事のあとの食器洗いも、洗濯物を干すのも、そうじも手伝いました。お父さんとお母さんがふたりとも働いているサジュエは、普段から家のことを手伝っていたので、おじいさんの手伝いは少しも苦にはなりませんでした。それでも、「ぼくに手伝わせてばっかりいると、ぼくが帰ったあと、ひとりで暮らせなくなっちゃうよ」と言って、ときどきサジュエはおじいさんをからかいました。

家の南側を流れる小川では、サジュエはおじいさんに毛鉤釣《けばりつ》りを教えてもらいました。おじいさんが虫に似せて作った毛鉤には、おもしろいように魚がかかりました。だんだん視力が衰《おとろ》えてきて「ちかごろは、新聞の文字を読むのもひと仕事だ」などと言うくせに、おじいさんは太い指でとても器用《きよう》に小さな毛鉤を作るのでした。ある夜、おじいさんが毛鉤を作っているときに、横で見ていたサジュエが言いました。

「魚がよくかかるように、毛鉤に魔法をかけたら？」

すると、おじいさんは手を止めてまじめな顔で言いました。

「サジュエ、釣りってのは人と魚との真剣勝負なんだ。そんなひきょうなことを考えちゃいかん」

サジュエがなるほどと思ってうなずくと、おじいさんは「魚たちが魔法を使ってくるようになったら、その手でいこう」と言って笑いました。

毛鉤で釣れないときには、川底の石の裏側にいる虫がえさになることを、サジュエは発見しました。サジュエが川底の虫でマスを釣って帰り、得意になって報告すると、おじいさんはにやにや笑いながら言いました。

「ほう、たいしたもんだ。釣り人たちが何百年も前からやっとることを、とうとう発見したか。これで、石器時代は卒業だな」

その言葉がどうしても許せなかったサジュエは、次の日の朝、おじいさんに釣り勝負を申し出ました。

「いいだろう。もと魔導師《まどうし》だったわしが、男の誇りをかけた勝負をいどまれて逃げるわけにはいかんからな」

そう言って、おじいさんは勝負を受けました。結局、勝負はサジュエの圧勝に終わりました。サジュエは毎日小川に通って魚のことや水中の様子を観察し、どこにどう鉤《はり》を落とせば釣れるのか、よくわかっていたのです。

「なるほど、川底にいる虫がえさになることを見つけるはずだ。こりゃ完全にわしの負けだよ」

そう言って、おじいさんも感心しました。サジュエは、小川でも草原でも、そして畑にいるときでも、いろいろなことに興味を示して、とても根気よく細かいことまで観察していたのでした。

勉強は、おじいさんの本の部屋でしました。サジュエ用の部屋にも勉強のできる机がありましたが、本の部屋でする方がはかどりました。すずしくて快適なだけでなく、自分の部屋とちがって遊ぶものがないので気が散らないのです。

苦手な魔法の学科も、空を飛ぶ魔法について調べることに決めて、こつこつと宿題を進めました。もちろん、宿題のノートに〝朱《あか》の書〟のことは書きませんでしたが、サジュエは魔法の歴史について調べながら、空を飛ぶ魔法のことをまとめていきました。

空を飛ぶ魔法は、失敗の例も数多くありましたが、昔からたくさんの魔導師が研究を重ねていて、理論的に完成された魔法のひとつでした。魔法の歴史の本には、魔法の力を加えると空中に浮かぶ性質のある金属を作った国のことも書かれていました。魔法よりも安全に多くの人を運べる飛行機が発明されて、空を飛ぶ魔法の研究はあまり重視されなくなってきましたが、それでも魔法と簡単な飛行機械との組み合わせで研究を続けている魔導師が、今でもいました。

サジュエは、空を飛ぶ魔法のことを調べながら、いつもリアンジュのことを考えていました。今となっては、あの日のことはまるで夢のように思えました。サジュエと同じくらいの年ごろで、しかも女の子なのに、魔導師を目指していると言っていたリアンジュ。魔法の苦手なサジュエと比べると、リアンジュは正反対の人のように思えました。

同じようにおじいさんが有名な魔導師なのに、なぜ自分とリアンジュはこんなにもちがうのだろうと、サジュエは考えました。治療の魔法で手際《てぎわ》よく自分を治してくれたリアンジュに比べて、〝朱の書〟に飛ばされて悲鳴をあげながら森の中に落ちただけの自分は、なんてみっともないのだろう。サジュエは、今でも情けなくて顔が赤くなるのが、自分でもはっきりわかりました。

サジュエは、もう一度ティンフェイのあの森に行ってみたいと思っていました。魔法を使わなくてもちゃんと行けるのです。ティンフェイ地方までは大陸横断鉄道が通っているし、その森林地帯にも登山列車が走っています。今年は無理でも、きちんと計画を立てれば、来年の夏休みにになら行けるかもしれません。

「もう一度行って、リアンジュに会ってもっと話をしたい。リアンジュの家に行っておじいさんにも会ってみたい」

サジュエは、空を飛ぶ魔法について調べながら、毎日そんなことを考えていました。たまたま、サジュエがティンフェイ地方の地図をテーブルに広げていたとき、おじいさんが本の部屋に入ってきました。サジュエは自分の考えをおじいさんに話し、相談してみました。

「地図を広げてみても、お前の飛んでいった場所はわからんだろう。わしも、クァンホンが今どこに住んでるのか、くわしくは知らんのだよ。行き先が〝ティンフェイのここ〟と、はっきりわかっとるなら行ってもいいとわしは思うよ。だがな、ティンフェイの広大な森林地帯で人を探すなんていうのは、旅行じゃなくて冒険だ。大人でも大変なことだよ。いくらお前がしっかりしてるといっても、まだ無理だ」

というのが、おじいさんの意見でした。サジュエも、おじいさんがリアンジュの家を知らないのなら、今はあきらめるしかないと思いました。

ルアンティエは、この夏休みの間にサジュエが変わってきているのを感じていました。〝朱の書〟に飛ばされて、ティンフェイでクァンホンの孫娘に出会ったことがきっかけだったのか、キアンナンへ来て、自然の中で生活しているせいなのか、それとも、ただそういう年ごろなのか、それはわかりませんでした。頭の回転が早く、運動神経もいいのに、サジュエにはどこかひ弱でたよりないところが感じられたのですが、今はそれが、少しずつなくなってきていました。

サジュエは、畑仕事もいつのまにか全部ひとりでこなすようになっていましたし、ルアンティエが家事を手伝ってほしいと思うときには、何も言わなくてもちゃんと手伝ってくれているのです。そして何よりも、サジュエ自身は気づいていないようですが、身の回りにある自然のことをとても敏感《びんかん》に感じ取り、驚くほど深く理解するようになっていました。

「自然の中にあるさまざまな力の流れを読み取って、その流れとひとつになるなんてのは、一流の魔導師だってなかなかたどり着けない境地《きょうち》じゃないか。この子は、その境地に近づいているのかもしれん」

ルアンティエはそう思って、本当はサジュエには優れた魔導師の才能があるのではないかと考えました。自然に囲まれて暮らすうちに、その才能が現れてきたのではないかと。でも、実際にやらせてみると、やっぱりサジュエは、小さな子どもでもできるような簡単な魔法しか使えないのでした。

ある、よく晴れた暑い日の午後でした。サジュエはそのとき、いつものように本の部屋で勉強をしていました。ルアンティエは、母屋《おもや》の一階にある部屋で釣竿《つりざお》の手入れをしていました。

だれかが、家の扉をノックしました。

ルアンティエが扉を開けると、ひとりのディ族が立っていました。ディ族は、ルアンティエの顔を見るなり、ギャアッと大きくさけびました。それを合図に、何十というディ族が、まるで地面や家の床から生えてくるように現れました。ディ族たちは、ルアンティエの家になだれ込むと、家中を荒らし始めました。

ルアンティエは、すぐにディ族たちの目的に気づきました。まず、普通なら邪悪なディ族が近寄るはずのない〝とてもいい場所〟にあるこの家に、彼らが入り込んできたこと。それは、とても強い魔法を操る者が力を貸しているということです。そして、ディ族たちが地面の中から現れたこと。それは、地面の下で自由に活動できる魔法が書かれている〝玄《くろ》の書〟を持った者が、ディ族たちを送り込んできたということです。

〝邪導師《じゃどうし》バオファン〟

ディ族たちは、あの恐ろしい邪法《じゃほう》使いの命令で、ルアンティエの持っている〝朱の書〟を奪いに来たのです。もう、ディ族たちはとなりの塔に入り込んで、本の部屋に向かっているかもしれません。サジュエと〝朱の書〟を守らなくては、と考え、ルアンティエは大きく息を吸うと、おなかの底からさけびました。

「サジュエ！　〝朱の……」

耳に聞こえたのはそこまででした。ルアンティエの声は一匹のトンボに変わり、窓から飛び出すと、本の部屋までまっすぐに飛んでいきました。

サジュエのいる本の部屋には、まだディ族たちは入ってきてはいませんでした。でも、今まさに塔の階段を駆《か》け上がってくるところでした。

サジュエは、階段の方から聞こえてくるギャアギャアという声に、いやなものを感じていすから立ちました。そのとき、一匹のトンボが窓から入ってくると、ルアンティエの声でサジュエに言いました。

「サジュエ！　〝朱の書〟を持って逃げろ！　邪悪な者が、その本をねらっている！　今すぐ逃げるんだ。絶対に〝朱の書〟を渡してはならん！」

　トンボは、サジュエの耳もとでおじいさんの声にもどりながら、溶《と》けるように消えていきました。サジュエには、何が起きたのかわからず、どうしたらいいのかもわかりませんでした。サジュエが迷っていると、本の部屋にディ族たちが入ってきました。犬のような顔をした小柄《こがら》な侵入者たちは、木の棒やナイフを手に持ち、サジュエを見つけると舌を出してひいひいと笑いました。階段からは、まだ登ってくるディ族たちの声が聞こえます。ふんふんと鼻を鳴らしながら、ディ族たちはじりじりとサジュエに近づいてきました。

「〝朱の書〟を持って逃げなくちゃ」

　サジュエの体は、反射的に動いていました。本棚をそのままよじ登り、〝朱の書〟を取り出して「空へ！」と心の中でさけびました。

　でも、何も起こりませんでした。

　サジュエは本を抱えたまま、ただ本棚の上の方にしがみついていました。サジュエを追いかけてきたディ族が、いやらしい笑いを浮かべながら言いました。

「そんな高いところで、お勉強してるのか？　おれにも、その本を見せて、お勉強を教えてくれよ」

ディ族たちは、ギャアギャア言って笑いました。笑い転げながら、となりにいる仲間の頭をなぐったり、本棚の本をばらまいたり、ディ族たちは暴れまわりました。そのうちのひとりが、本棚を登ってサジュエに近づいてきました。

「〝朱の書〟を盗まれちゃいけない。どうしたらいい？」

サジュエは、あわてて本棚の上によじ登りました。ディ族たちも次々と本棚を登り、サジュエを追ってきました。

「おじいちゃん、早く来て。助けて！」

サジュエがそう思っている間にも、本棚を登ってくるディ族たちはじりじりと接近し、下にいるディ族たちはがたがたと本棚をゆすり始めました。サジュエは、となりの本棚に跳び移りました。その本棚の上を走り、また次の本棚へ跳ぼうとしたとき、ディ族が投げた木の棒がサジュエの足をはらうように当たりました。

サジュエの体が本棚を離れ、空中に投げ出されました。

「落ちる！」

サジュエの体が床にたたきつけられるかと思った瞬間、また頭の中に〝飛行の呪文〟が浮かびました。落ちてくるサジュエを捕まえようとしていた、ディ族の毛むくじゃらな手をすり抜けて、サジュエはまた、天窓から空へ飛び出しました。

母屋では、声をトンボに変えて飛ばしたルアンティエが、今度は自分の周りにいるディ族たちを片づけにかかっていました。

目を閉じて「われに向かいし憎しみの矢は、深い眠りとなりて返る」と呪文を唱え、ルアンティエはディ族たちに大きな声で言いました。

「わしの家で何をしている？　おい、〝犬ども〟！」

ディ族たちはピタリと動きを止め、いっせいに燃え上がるような鋭《するど》い眼でルアンテイエをにらみつけると、魔法にかかってバタバタと倒れ、眠り込んでしまいました。

自分に憎しみの視線を向けた者を眠らせる、ルアンティエの魔法。〝犬〟と呼ばれることを何よりも嫌う、ディ族の性質をうまく利用した作戦でした。

ごうごうといびきをかいて眠っているディ族たちをよけて歩きながら、ルアンティエは本の部屋に向かいました。途中にいたディ族たちも同じように眠らせて、本の部屋に行ってみると〝朱の書〟はなく、サジュエもいませんでした。

「うまく逃げてくれただろうか……」

そう思いながら、ルアンティエはポケットから財布《さいふ》を取り出しました。何年も前に、妻から誕生日のプレゼントにもらった、黒い革製の財布でした。ルアンティエは、その財布にいくつかの魔法をかけて言いました。

「あの子を守ってやってくれ」

それは、魔法をかけた財布に言った言葉でもあり、天国にいる妻に言った言葉でもありました。財布はツバメに姿を変えると、サジュエを追って窓から飛び出していきました。

それを見届けると、ルアンティエは眠っているディ族たちをなんとかしようと考えました。ルアンティエはディ族たちに、眠ったまま自分についてくるよう魔法をかけて、塔の階段を下りていきました。ディ族たちは、相変わらずごうごうといびきをかきながら、ルアンティエについて歩いていきました。そして、家の前に集まるとまた横になって眠り続けました。

最初に扉をノックしたのが、ディ族のリーダーでしょう。ルアンティエは、リーダーをひとりだけ起こして、邪導師のことを聞き出すつもりでした。

そのとき、ルアンティエの前にひとりの男が現れました。その男も、ディ族たちと同じように地面から現れました。男は、真っ黒なシャツと真っ黒なスーツを着込み、暑さが少しも気にならないかのように薄笑いを浮かべていました。

「あなたが〝大賢者《けんじゃ》ルアンティエ〟ですね」

ていねいな口調《くちょう》でそう言うと、男はパチンと指を鳴らしました。とたんに、山のように折り重なって寝ていたディ族たちが炎に包まれました。炎はものすごい勢いで燃え上がり、あっというまにディ族たちを焼きつくしてしまいました。

その男は、炎に包まれるディ族たちをふり返りもしないで、にやにや笑いながらルアンティエを見ていました。ディ族たちと同じように地面から現れたということは、この男もあの邪導師の手下だということであり、ディ族たちはこの男の仲間だったはずです。そのディ族たちを、この残酷な男は何のためらいもなく焼き殺してしまったのです。

男はまた、ていねいな口調で言いました。

「はじめまして。わたくしは先日までクァンホン先生のところにいた者で、ペイワンと申します。もうお気づきでしょうが、今はバオファン様のところで働いております」

そのあいさつには答えずに、ディ族たちの燃える煙に顔をしかめながらルアンティエは言いました。

「邪導師のやつは、なんで今ごろ〝朱の書〟を手に入れようとしとるんだ」

「〝蒼《あお》の書〟を手に入れたからです」

顔には出しませんでしたが、ルアンティエはその言葉を聞いてとても驚きました。ペイワンの言葉が本当だとしたら、それは若いころからの親友クァンホンの死と、平和な時代の終わりを意味していたからです。

三〇年前の〝ジフェンの戦い〟は、〝玄の書〟を手に入れた邪導師が、タイファン大陸を支配しようとして起こしたものでした。この戦いにルアンティエたちが勝てた主な理由は、邪導師の持つ〝玄の書〟に書かれているのが主に防御や治療の魔法で、地面の下で自由に活動できる魔法以外はほとんど攻撃力につながらなかったことと、ほかの三冊をルアンティエたちが持っていたことでした。その後、三〇年間平和な時代が続いてきたのも、ルアンティエたちの側の戦力が優勢で、邪導師が戦争を起こせない状態でバランスを保っていたからなのです。

もし本当に邪導師が〝蒼の書〟も手に入れたのだとしたら、双方《そうほう》の戦力のバランスが大きく崩れてしまいます。次に戦いが起こったときにルアンティエたちが勝てる可能性は、ほとんどないといっていいでしょう。

魔法の力を比べると、この邪導師はずば抜けて強い力を持っていて、〝大賢者ルアンティエ〟や〝天才魔導師キゼ〟でも足元にもおよばないほどでした。それは、この邪導師が普通の魔法とはちがう、〝邪法〟を使うためでした。

普通の魔法が自然のルールに従い、自然から力を得ているのに対し、邪法は自然のルールを無視し、〝悪魔〟などと呼ばれるものから力を得ているのです。そのため、邪法はとても強い威力を発揮するのです。一方で、邪法はいつも犠牲を必要とし、使う者の魂をむしばみ、あらゆるものを滅ぼしていく恐ろしいものでもあるのです。

ペイワンは、またていねいな口調で言いました。

「クァンホン先生が亡くなりました。まあ、私が殺したのですが」

「ほう、そいつはたいしたもんだ。あいつの嫌いな生ハムでも食わせたのか？」

ルアンティエは、ペイワンが自分を怒らせようとしていることに気づいていたので、冗談《じょうだん》でかわしました。

「クァンホン先生の孫娘、リアンジュも捕まえているのですよ」

「言っとくが、〝朱の書〟ならないぞ。ネズミがかじってボロボロになったんでな、捨てちまったんだよ」

「キゼのところにも、ディ族たちを送り込んであります。せっかくだから〝白の書〟も手に入れておこうと思うんですよ」

「おっと、ちがったかな。〝朱の書〟は色があせて〝黄色の書〟になっちまったんだ。今は電話番号ばかり書いてあるよ」

ふたりは、かみ合わない会話をしながら、互いに考えていることを探り合っていました。でも、とうとうがまんできなくなって、ペイワンが言いました。

「〝朱の書〟を渡していただきましょうか」

「言っただろう、ないんだよ。〝赤茶色の書〟なら何冊かあるから、そいつでがまんしてくれないか、ピィワンくん」

「私の名は〝ペイワン〟です」

ルアンティエを怒らせるつもりが、怒り始めたのはペイワンの方でした。ペイワンも強力な邪法使いでしたが、こういうかけ引きでは、経験が豊かで頭の回転の速い〝大賢者ルアンティエ〟にはかないませんでした。

ルアンティエは、さっさとこの気取り屋を追い返して、サジュエを探しに出かけたいと考えていました。

「いいでしょう。ちょっと失礼して、お宅の中を探させていただきます」

そう言うと、ペイワンはスズメバチに姿を変え、塔の上の部屋まで飛んでいきました。窓から部屋に入ってもとの姿にもどると、ペイワンはその本の部屋が〝朱の書〟のかくし場所だと確信しました。ディ族たちが荒らした本を踏みつけながら、ペイワンが〝朱の書〟を探していると、いつのまにか、部屋の中央にあるテーブルのいすに腰かけていたルアンティエが笑いながら言いました。

「一回目でこの部屋を見つけるとは、いい勘《かん》をしてるな。ただし〝朱の書〟は強力な魔法で、ややこしくかくしてあるから、一日や二日じゃ見つからんぞ。何回か通ってきて探すつもりなら、お得な会員カードを作ってやろうか」

このとき初めて、本当にこの家には〝朱の書〟がないのかもしれないということに、ペイワンは思い当たりました。何か自分の考えつかないような方法で、あるいは想像もできないような場所に、巧妙《こうみょう》に〝朱の書〟がかくしてあるように思えてきました。

「そろそろあきらめたらどうかね。あまりしつこいようなら、わしも本気で君の相手をしなくてはならん」

「いいでしょう。今日のところは、これで失礼いたします。ごきげんよう」

ルアンティエが本気で魔法を使ってきたら面倒だと考えて、ペイワンはまたスズメバチに姿を変えると、窓から外へ飛び出して去っていきました。

ルアンティエは、ペイワンが去っていったことをたしかめると、散らかった本の部屋をながめてため息をつきながら、サジュエのことを考えました。

「面倒なことになってきたな……。サジュエ、わしがお前を見つけるまで、あいつらに捕まらんでいてくれよ」

夏の日差しは少しずつ黄色っぽい光になり、太陽は西の空に傾き始めていました。

サジュエは、〝朱の書〟を抱えて空を飛んでいました。体が運ばれるままに空を飛びながら、これからどうしたらいいのか考えていました。最初に頭に浮かんだのは、リアンジュとそのおじいさんのことでした。

「〝朱の書〟を守るためには、まず〝蒼の書〟を持っているっていうリアンジュのおじいさんに相談するのが一番いいはずだ。ぼくのおじいちゃんとは古い知り合いみたいだし……。きっと、あの犬みたいな連中のことも、リアンジュのおじいさんなら知ってるだろう」

サジュエの考えていることに〃朱の書〃が反応しているのか、サジュエの体はこの前のときと同じように東に向かって飛んでいました。

サジュエには、〃朱の書〃はただの魔法の道具ではなく、まるでそれ自体が意志を持っているもののように思えました。前にティンフェイの森へ飛んでいったときには、サジュエが「帰れないかなあ」と言ったとたん頭に〃帰還《きかん》の呪文〃が浮かび、サジュエは本の部屋にもどっていたのです。少しも思いどおりに使えないのに、まるで持っている者の考えを〃朱の書〃が読み取って勝手に動いているようでした。「おじいちゃんが『わしの手にも負えない』と言ったのはこのことなのかも……」と、サジュエは考えました。

「ティンフェイ地方の森へ。あの日、リアンジュと出会ったあの森へ。おじいさんのいる、リアンジュの家へ」

サジュエは、思うように〃朱の書〃が働いてくれるのかどうかもわからないまま、自分をリアンジュの家に運んでくれるよう、懸命に頭の中でくり返していました。

やがて、東の方に小さく森が見えてきました。黒いほどの緑色をたたえた森はどんどん大きくなり、あっというまに、目に見える限りの地面が深い森に覆われてしまいました。サジュエが望んだとおり、ティンフェイの森林地帯に飛んできたのです。

ふと、サジュエの頭に、この前のひどい着陸のことが浮かびました。前のときは沼に落ちたから、そしてリアンジュたちが助けてくれたから無事ですんだのです。今度また同じように落ちて、このままの勢いで地面にたたきつけられたら、サジュエはまちがいなく死んでしまうでしょう。サジュエは、必死にリアンジュの家を想像し、自分がふんわりと着地する様子を心に思い描きました。それでも、サジュエには無事に着陸できるかどうかはわかりませんでした。

サジュエの飛ぶ速さが、少しずつゆっくりになってきました。最後には、サジュエはほとんど移動することなく空中に浮いていました。サジュエの足のはるか下には、大きな卵の形をした岩があって、その岩の上には入り組んだ形をした家がのっているのが見えました。

「あれがリアンジュの家なのかな……？」

そう思ったのと同時に、サジュエの体は静かに地面に向かって降りていきました。大きな卵型の岩の横には河が流れているのが見えました。その河をまたいで、家の前まで細いつり橋がかかっているのも見えてきました。

サジュエがだんだん空から降りて、卵型の岩にのった家に近づくにつれて、こげくさいにおいがしてきました。どうやら最近、家が火事にあったようでした。ついさっきまで燃えていた、という感じではありませんでしたが、何日も前の火事でもないようでした。サジュエは、なんだかいやな予感がしました。

サジュエは、木の葉《こは》が地面に落ちるように、ふわっと着地しました。

その家の前に立ってみると、いやな予感はますます強くなってきました。家全体が燃えた様子はありませんでしたが、いくつかの窓から煙が上がったらしく、ところどころ家の外壁《がいへき》がすすで黒くなっていました。家の中がひどく荒らされているのが、外からでもよくわかりました。そして、この家には人の気配がありませんでした。

まるで、その家の中で恐ろしい何かが自分を待っているかのように思えて、サジュエの心臓はドキドキと激しく波打っていました。自分でもうるさく感じるほどに呼吸が荒くなり、血がすごい勢いで体中をぐるぐる回っているような感じがしました。くちびるが乾いて、口を開くことができなくなったような気がしました。

そのとき、サジュエの目の前を、何か黒い物がサッと横切りました。サジュエがびくっとしてふり返ると、それは一羽のツバメでした。

ツバメは、もう一度サジュエの周りをくるっと回ると顔の前に飛んできて、サジュエが反射的に上げていた手の上にとまりました。ツバメは、サジュエの眼を見つめながら、ルアンティエの声で言いました。

「サジュエ。わしは、今すぐにはお前を追っていくことはできんので、こいつをお前のところにやる。〝朱の書〟はこの中にしまって、人目につかないようにしなさい。

どうやら、妙な連中がその本をねらっとるようだからな。必要なだけの金は入っとるから、気をつけて帰ってきなさい。家のことを片づけて、すぐにわしもお前を迎えに出る。何事もなければ、必ず途中で会えるはずだ。それじゃあ、気をつけてな」

そう言うと、ツバメは黒い革の財布に変わりました。使い古された財布には、アーモンドくらいの大きさの赤い石がキーホルダーのような飾りについていました。サジュエが財布を開けてみると、たしかにキアンナンまで帰るのに十分なお金が入っていました。突然、〝朱の書〟は吸い込まれるように、サジュエの手から財布の中に入ってしまいました。よく見ると、〝朱の書〟はカードのように小さくなって、眼鏡《めがね》屋のレシートといっしょに財布のポケットに入っていました。サジュエは、財布をズボンのポケットに押し込みました。

「おじいちゃん、その前にぼくは、たしかめなくちゃならないことがあるんだ」

そう言うと、サジュエは大きく深呼吸をして、岩の上に建っている家の入り口に歩いていきました。

入り口の扉は、開いたままになっていました。扉の横には木の札が釘《くぎ》で打ちつけてあって、「クァンホン」という文字が読めました。サジュエがおじいさんから聞いた、〝蒼の書〟を持つ魔導師の名前でした。

「まちがいない。ここがリアンジュと、リアンジュのおじいさんの家なんだ」

サジュエは、周りに気を配りながら、慎重に家の中へ入っていきました。家の中には、外よりも強くこげくさいにおいが残っていました。

クァンホンの家はとても複雑な造りになっていて、たくさんの部屋がありました。ひとりひとりのための部屋、図書室、実験室、くつろぐ部屋、食事をする部屋……。サジュエは、家の中で迷わないように気をつけながら歩いてまわりました。家の中には、あちこちにポスターや写真、油絵などが飾ってあり、いろいろな人が生活していた跡《あと》が残っていて、クァンホンという魔導師には本当にたくさんの弟子がいたことがわかりました。

その家が、今はひどく荒らされていました。

サジュエは、家の入り口からそれほど離れていないところに渡り廊下《ろうか》を見つけました。その先には、離れになった部屋があるようです。「この向こうの部屋が、リアンジュのおじいさんの部屋かもしれない」と思って、サジュエは渡り廊下を進んでいきました。母屋から離れた部屋は、何か特別な〝魔導師の先生の部屋〟という感じがしたのです。その感じは、サジュエが通う学校の校長室とよく似ていました。

でも、その部屋の扉に手をかけた瞬間、サジュエの体をいやな予感が走り抜けました。部屋の中に敵が待っているかのように、サジュエは扉に耳をあてて中の様子をうかがいました。中からは何の物音も聞こえませんでした。

サジュエは、そっと扉を開けました。あまり物のない部屋でしたが、それでも荒らされた跡がありました。部屋の奥にはベッドがあって、だれかが寝ているようでした。荒らされた部屋の中で、ベッドの上だけが不自然にきれいでした。ベッドで寝ている人がいきなり襲いかかってきても逃げられるように注意しながら、サジュエはベッドに近づいていきました。

ベッドに寝ていたのは、サジュエのおじいさんよりももっと年をとって、ひどくやつれたおじいさんでした。サジュエにはすぐに、この人がリアンジュのおじいさんだということがわかりました。そのおじいさんは、息をしていませんでした。

「この人、死んでる！」

サジュエは、そのまま動くことができなくなってしまいました。

死んだ人を見るのは初めてではありませんでした。おばあさん。長い人生を〝大賢者ルアンティエ〟の妻として過ごして亡くなったおばあさんは、満足したようにおだやかな表情で棺《ひつぎ》の中に横たわっていました。そのときサジュエは、涙が流れそうになるのをこらえながらお別れをしたのです。

今、サジュエの目の前でベッドに横たわっている老人も、表情はおだやかでした。でも、その遺体は〝殺された者〟のまがまがしい雰囲気をまとい、サジュエを捕えて放しませんでした。サジュエには、その人がどのように殺されたのかはわかりませんでしたが、その人に向けられた邪悪な殺意ははっきりと感じ取れました。

「かわいそうに……」

身動きできないまま、サジュエはそのおじいさんのために涙を流しました。多くの弟子たちにしたわれ、孫のリアンジュに愛されていたこの魔導師を、邪悪な何者かが殺し、しかも遺体をとむらいもせず放ったままにして、はずかしめたのです。

そのとき、だれかが家の中に入ってきた気配がしました。サジュエは呪縛《じゅばく》から解《と》き放たれたように、反射的にベッドの下にかくれました。

話し声が聞こえました。渡り廊下を歩いてくる足音がしました。サジュエは息を殺して、近づいてくる足音に神経を集中しました。耳の奥で自分の心臓の音が響いて、かくれていてもその音で見つけられてしまうような気がしました。握りしめた手が、みるみる汗で湿《しめ》ってくるのがわかりました。

足音が部屋の前で止まると、「先生」と呼びかける声がしました。ひと呼吸おいて、部屋に入ってきたのはふたりのユアン人でした。そのうちのひとりの顔を見ると、サジュエはベッドの下から飛び出しました。

「ジャオカン！　いったい何が起きたの？　リアンジュはどこ？」

ふたりのユアン人は、いきなりベッドの下から子どもが飛び出してきたので、とても驚きました。ジャオカンは思わず、反射的にナイフを抜きそうになりました。

いました。

「君はサジュエか。どうして君がここにいるんだ?」

サジュエがどう答えたらいいのかわからないでいると、もうひとりのユアン人が言いました。

「おい、先生が、先生が死んでいる……」

ジャオカンはまた驚いて、ベッドの上の老人を見ました。サジュエが、おずおずと言いました。

「ぼくがここに来たときには、もう亡くなってました」

ジャオカンが、サジュエの言葉を聞き、ベッドの上に横たわっているクァンホンの体を注意深くさわりながら答えました。

「そうだな。もう亡くなってから何日かたっているようだ。……よし、話はあとだ。先生をとむらってさし上げよう」

サジュエたちはクァンホンの遺体を運び出し、つり橋の反対側まで運ぶと、地面に穴を掘って静かに横たえました。

ジャオカンたちは、ユアン人の古い作法に従ってとむらいの言葉を唱えると、クァンホンの遺体にやさしく土をかけました。土をかけながら、ふたりは小さな声で「大変お世話になりました」「先生の教えは決して忘れません」といった言葉をつぶやいて涙を流しました。

サジュエは、目を閉じて、胸のところで両手を合わせながら、老魔導師の冥福《めいふく》を祈っていました。

最後に、平らな石を置いて墓石《ぼせき》にしました。墓碑銘《ぼひめい》は、ジャオカンたちが魔法の力を合わせて「偉大な父なる魔導師にして博愛《はくあい》の人、クァンホン、ここに眠る」と刻みました。サジュエは、森に咲いている花を集めてきて、お墓に供《そな》えました。

長い沈黙《ちんもく》のあと、ジャオカンがサジュエに言いました。

「サジュエ、わたしたちの先生のためにお墓づくりを手伝ってくれて、ありがとう。そうだ、紹介がまだだったな。彼はわたしの親友のチェンジンだ。わたしといっしょに、クァンホン先生のところで魔法の勉強をしていたんだ。信頼できる男だよ」

あらためてよく見ると、チェンジンは人なつこそうな顔をしたユアン人でした。大きな眼と大きな口が印象的なその笑顔は、まんがに出てくるカエルを連想させました。チェンジンは、おどけて人を笑わせ自分も楽しみながら、同時に冷静な観察や計算のできる人でした。

サジュエは、自分のことを説明しなくてはいけないことに気づきました。でも、そのためには〝朱の書〟のことを話さなくてはなりません。チェンジンに聞かれても大丈夫なのか、サジュエはためらいましたが、ジャオカンが「信頼できる」と言った言葉を信じることにしました。

サジュエは、キアンナンにあるおじいさんの家を犬のような者たちが襲ったこと、〝朱の書〟を持って逃げたこと、リアンジュのおじいさんを頼るためになんとかここまで来たことを、ジャオカンとチェンジンに話しました。ひととおり話すと、サジュエはもう一度聞きました。

「ぼくがここに来たときには、家が荒らされてて、もうリアンジュのおじいさんは亡くなってて、あとはだれもいなかったんだ。ここで何があったの？」

「わからない。クァンホン先生はとても長い間、病気でいらしたんだ。ひと月くらい前に、先生は病気が重くなられたので、弟子たちをみんなこの家から出されたんだよ。あとには、一番弟子のペイワンとリアンジュだけが残った。わたしたちも、はじめて今日、様子を見に立ち寄ったんだ」

「そのペイワンという人は、どんな人なの？」

サジュエの質問に、少し考えてジャオカンが答えました。

「とてもまじめで、几帳面《きちょうめん》な人だ。魔法の実力も、とても優れている。少し神経質なところもあったけどね」

「でも、気取り屋で、嫌味なところもあったから、本当を言うと嫌っている後輩も多かったんだ」

チェンジンがいたずらっぽく笑いながら、ジャオカンが言わずにいたことを小さな声で言いました。

「君はペイワンが怪しいと思うかもしれないが、三〇年も先生に魔法を教えてもらってきた人だから、それは考えられないよ」

なんとなく考えていたことをジャオカンに指摘されて、サジュエはまた考え込んでしまいました。

「サジュエ、君のおじいさんの家を襲った、犬のような連中はディ族というんだよ。とても邪悪な獣人族《じゅうじん》だ。あの邪導師の手下で、わたしたちユアン人の地下にある街も、やつらにひんぱんに襲われるんだ。このクァンホン先生の家も、同じようにディ族たちに襲われたのかもしれない」

「邪導師って?」

サジュエが邪導師のことを知らないということに、ジャオカンは少し驚きました。でも、祖父であるルアンティエからは、あまりくわしい話を聞いていないのだとすぐに気づきました。そして、サジュエは〝朱の書〟にまつわることもほとんど知らされていないのだと。ルアンティエがとても用心深く〝朱の書〟を保管してきたということが、ジャオカンにはよくわかりました。

でも、〝朱の書〟を守っている以上は、サジュエもある程度のことを知っておかなくてはならないと、ジャオカンは判断しました。注意深く言葉を選び、余計なことまで話さないように気をつけながら、ジャオカンは、邪導師が三〇年前に〝玄の書〟を手に入れ、タイファン大陸の支配をたくらんで〝ジフェンの戦い〟を起こしたことや、とても恐ろしい邪法の使い手であることなどを話しました。それは、学校の歴史の授業でも教えられていない、大人でも一部の人たちしか知らない、恐ろしい事実でした。

　サジュエは、改めてことの重大さを知って驚きました。

「おじいちゃんは、〝玄の書〟も優秀な魔導師が守ってるって言ってたのに……」

「サジュエ、あの邪導師との戦いはまだ終わっていないんだよ。君のおじいさんは、君を巻き込みたくなくて、そういう言い方をしたんだと思う」

「ということは、その邪導師は〝朱の書〟と〝蒼の書〟をねらって、おじいちゃんの家とクァンホンさんの家をディ族に襲わせたってこと？　リアンジュがここにいないのは、長いこと病気だったおじいさんから〝蒼の書〟を受け継いでいて、〝蒼の書〟ごとさらわれたってことなの？」

　ジャオカンとチェンジンは、サジュエの言葉にはっとして顔を見合わせました。ふたりは、サジュエの考えが正しいと直感しました。もう、邪導師との戦いは始まっていたのです。

「サジュエ、たぶん君の言うとおりだ。少なくとも、そう考えておいた方がいいだろう」

冷静なジャオカンの言葉に、サジュエは少しいらだちながら言いました。

「早く、リアンジュを助けなきゃ！」

「もちろんだ。だが、われわれなんかが正面から戦いをいどんでも勝てる相手じゃないんだよ。準備がいる。大陸中の魔導師の力が必要だ」

「どうするの？」

「サジュエ、わたしたちはキゼという人のところに行く。タイファン大陸全体の魔導師をまとめている国際的な組織、国際魔導師機構の最高責任者だよ。〃白の書〃を持っているのも彼だ。次にあの邪導師との戦争が始まるとしたら、こちらの軍の総指揮官には、そのキゼ事務総長がなるはずだからね。

君は急いで帰って、おじいさんに〃朱の書〃を渡し、このことを知らせてくれ。君のおじいさんの力が、ぜひ必要だ。わたしたちが途中まで送っていこう」

ふたりのユアン人とサジュエは、クァンホンのお墓に別れを告げて出発しました。

強い風が、河の上を吹いていきました。

四・地下の街の戦い

ジアンミン共和国は、タイファン大陸の中西部にある小国です。広大な平野の真ん中あたりに位置していて、大型の船でも海から入ってくることができる大きな河や、大陸最大の規模《きぼ》を持つ国際空港もあることから、この国は大陸全体の政治や経済の中心地になっていました。ほとんど一年中、各国の代表者や政府関係者の会議が開かれていて、今ではこの小さな国は、まるで国際会議が開かれるためだけにある国のようになっていました。

ジアンミンの首都へミンには、さまざまな国際組織の本部が置かれ、大陸全体の魔《ま》導師《どうし》をまとめている国際魔導師機構の本部もここにありました。

国際魔導師機構は、〝ジフェンの戦い〟の後に作られた組織です。各国の魔導師のつながりを通じて国と国との関係を強め、あの邪導師《じゃどうし》が再び大陸支配のために動き出したときに対抗できるだけの戦力を、大陸全体で強めていくのが目的でした。

キゼは、この国際魔導師機構の最高責任者である事務総長として、毎日忙しく働いていました。大陸中の国へ出かけて行ったり、いろいろな国の代表者や魔導師、軍人、政府の関係者などと話し合いをしたり、何時間も机に向かって書類を作ったり、事務手続きをしたり、魔導師として占いをしたりすることなどもありました。

国際魔導師機構の本部の建物では、キゼのほかにも多くの魔導師が働いていました。若い魔導師が多く、ネクタイをしめてスーツを着込んだ魔導師ばかりなので、ちょっと見ただけでは普通のビジネスマンが勤めるオフィスにしか見えないのですが、彼らはそれぞれの職場で魔導師としての仕事をしているのでした。若い魔導師の中には、ノート型のコンピューターを机の上に置いて仕事をしている人もいました。

あの邪導師の動きを探るのも、彼らの重要な仕事でした。さまざまな魔法を使い、こちらが探っていることを気づかれないように注意しなくてはなりませんでした。というのも、相手のことを探る魔法には、逆にこちらのことを知られてしまう危険が伴《ともな》うからです。まして、相手は強力な邪法《じゃほう》を使う邪導師ですから、わずかな油断も許されないのです。

国際魔導師機構の本部では、邪導師からの攻撃に備えて、多くの魔導師たちが魔法での守りを固めていました。国際魔導師機構の本部は、地上二〇階地下五階の石造りの建物で、その八階に事務総長が仕事をする執務室がありました。

書類に目を通していたキゼは、ノックの音に顔を上げました。キゼが「入りなさい」

と返事をすると、紺色のスーツを着て銀ぶちの眼鏡をかけた若い魔導師が、一礼《いちれい》して入ってきました。事務総長直属の〝調査室〟に勤めるユンジュでした。

「ご報告したいことがあります。事務総長、第三調査室まで来ていただけませんか」

ユンジュは、落ち着いた低い声で言いました。でも、その声ににじんだ緊張感から、キゼは大変な何かを感じ取りました。ユンジュの眼を見て静かにうなずくと、キゼは席を立ちました。並んで廊下《ろうか》を歩きながら、キゼは何が起きたのかをユンジュに尋ねました。

「しばらく動きを見せなかったディ族が、動き始めました。ルアンティエ氏とクァンホン氏の家が、ディ族の襲撃を受けたようなんです」

「ふたりは無事なのか？」

「ルアンティエ氏は、ほんの少しだけでしたが、ご無事な姿が確認できました。今、クァンホン氏についても確認を急いでいますが、なにぶん長い間ご病気でおられた方ですから……」

「なんてことだ……。クァンホンが弟子たちを家から出して、まだ一か月ほどしかたってないじゃないか」

ふたりが第三調査室のドアを開けると、会議用のテーブルの一角に三人の魔導師が集まっていました。髪を短く刈《か》ったひょろりと背の高い魔導師と、黒ぶちの眼鏡《めがね》をかけた小柄《こがら》で太った魔導師と、黒くて長い髪を頭の後ろにひっつめて青い髪どめでとめた若い女性の魔導師で、ユンジュの同僚《どうりょう》たちでした。

テーブルの上には直径六〇センチほどの黒くて丸い皿が置かれ、皿の中には水が入れてありました。その水面には、魔法の力でクァンホンの家の様子が映し出されていました。〝水鏡《みずかがみ》〟と呼ばれる魔法でした。

テーブルに向かっていた、背の高い魔導師が顔を上げました。〝調査室〟の室長を務める、ランカーイでした。ランカーイは、キゼに向かって言いました。

「事務総長、ご覧ください」

水面には、「偉大な父なる魔導師にして博愛《はくあい》の人、クァンホン、ここに眠る」と刻まれた墓碑《ぼひ》が映っていました。サジュエたちが作ったお墓でした。キゼの後ろに立った女性の魔導師が、ためらいがちに言いました。

「そのお墓の下に、遺体が埋まっているのを確認しました。クァンホン魔導師と見て、まちがいないと思います。だれが埋葬《まいそう》したのかはわかりませんが、おそらく様子を見に来たユアン人たちでしょう。家の中には、もうだれもいません。家は、ディ族どもにかなり荒らされたようです。今、映します」

続いて、水面にクァンホンの家の中の様子が映し出されました。壊された家具、火をつけられた本棚、やぶられたカーテン。いいことといえば人の死体がないことだけの、まったくひどい状態でした。

「〝蒼《あお》の書〟は確認できたか？」

キゼが聞きました。四人の魔導師たちは、顔を見合わせてだまり込んでしまいました。ユンジュが、眼鏡を持ち上げながら言いました。

「物をかくす魔法を得意とされていたクァンホン氏のことですから、探し出そうとすると大変な作業になります。ただ、クァンホン氏が弟子たちを家から出されたときに、ふたりだけ魔導師が家に残っているんです。一番弟子のペイワンと孫娘のリアンジュです。このふたりのうち、どちらかが〝蒼の書〟を受け継いでいると考えた方がいいのではないでしょうか」

「ディ族が家を襲ったとき、このふたりはどうしていたんだろう？」

小柄な男性の魔導師がぽつりと疑問を口にすると、キゼが言いました。

「邪導師の方を探ってみてくれないか。もう邪導師が〝蒼の書〟を手に入れてしまっているかもしれない」

一瞬、魔導師たちに緊張が走りました。ランカーイが「やってみよう」と言うと、お互いに眼を見合わせてうなずき合い、キゼに指示された作業に取りかかりました。魔法に集中する魔導師たちの顔に、みるみる汗がふき出してきました。

相手に気づかれないように、何重にも魔法の防御を張りながら、魔導師たちは水鏡の〝レンズ〟を少しずつ邪導師の住む古城《こじょう》に近づけていきました。

邪導師の住むこの古城は、何世紀も前にジフェン地方を支配した領主《りょうしゅ》が建てたものでした。この領主は、重い税を課したり重労働を強制したりして、住民を苦しめたため〝人食い伯爵《はくしゃく》〟とあだ名され、歴史にも名を残している人物です。自分の楽しみだけのために、住民を犯罪者に仕立てて捕まえ、〝処刑〟と称して残酷な殺し方をしていたという記録も残っているのです。

この城の建っている場所は、ルアンティエの言い方を借りれば、〝とても悪い場所〟でした。もともと〝悪い場所〟だったのに、そこで多くの人々が殺されたために、土地が血でけがされ、呪《のろ》われてしまったのです。でも、だからこそ邪導師にとっては、この上もなく居心地《いごこち》のいい場所なのでした。

そんな呪われた場所を魔法の〝レンズ〟でのぞくことは、魔導師たちにとっては大変な苦しみでした。息が荒くなり、汗が顔から流れ落ちました。皿に入った水の鏡に、ようやく邪導師の城の中が映し出されました。

城の中はとても暗く、空気もどろりとよどんでいるようでした。水面には、城の大広間が映っていて、そこには三人の人物が見えました。肩まで伸びた黒い髪と黒いひげの、大柄な男がいました。魔王のような威厳《いげん》をもち、真っ黒なローブを着込み、真っ黒なマントをまとい、たくさんの首飾りや指輪、腕輪で体を飾っているその男こそ、邪導師バオファンでした。

邪導師の後ろには、ペイワンがいました。ペイワンも全身真っ黒のスーツを着ていました。そして、ふたりの邪法使いが見ている先には、石の壁に太い鎖《くさり》で手足をしばりつけられた少女がいました。リアンジュでした。リアンジュの腕や顔には、なぐられたような跡《あと》がいくつもありました。それでも、この小さな魔導師は、しっかりとした目付きで恐ろしい邪導師をにらみ返していました。

邪導師が、低く太い声で、楽しそうに言いました。

「気の強いお嬢さんだな。そんなになぐられたら、とても痛いだろう。これ以上なぐられたら、死んでしまうかもしれないよ。まだ、君におじいさんのところへ行ってもらっては困るんだよ。どうしても、このペンダントから〝蒼の書〟を取り出す方法を教えてくれないのかね？」

邪導師の、長い爪《つめ》を黒く塗った手の中には、リアンジュの青い石のペンダントがありました。邪導師とペイワンの後ろで、闇の中に何かがたくさん光りました。それはディ族たちの眼でした。ディ族たちは、ふたりの後ろでざわざわ動き回ると、また闇の中へ消えていきました。

「あんたの後ろに立ってるおじさんが、いやらしいしゃべり方のくせを三日以内に直したら、教えるかどうか考えたげる」

リアンジュの頭のすぐそばで、ガンという大きな音がしました。ペイワンが、魔法で鉄の玉をぶつけてきたのです。砕《くだ》けた石壁のかけらが、ぱらぱらとリアンジュの肩に落ちました。

「リアンジュ、次にふざけた口をきいたら、頭に直接当たりますよ」

「そんなことしたら、そこにいる黒の王様に、あんたが殺されちゃうんじゃないの？」

ペイワンは何も言えなくなって、怒りでこぶしを震わせました。邪導師は、それがまた楽しいとでもいうように、大きな声で笑いました。

「ひとりでは、しゃべりにくいようだな。ペイワン、この娘と親しい者に来てもらったらどうだ」

「なるほど。先日、祖父であるクァンホンが死にましたから、家族はいませんな。……ユアン人のジャオカンあたりがいいでしょう」

「連れてこい」

「抵抗《ていこう》した場合は、いかがいたしましょう？」

「生きたまま連れてくれば、それで十分だ」

邪導師は、背筋《せすじ》の冷たくなるような声で言いました。ジャオカンを殺すと脅して、リアンジュに〝蒼の書〟を取り出す方法をしゃべらせようというのです。でも、リアンジュがその方法を教えたとしても、ふたりが無事でいられるとは限りません。ペイワンは、リアンジュやジャオカンを苦しめるのがうれしくて仕方ないとでもいうように、笑いながら邪導師に答えました。

「かしこまりました。手足の一、二本くらいはなくなるかもしれませんが、必ず生かして連れてまいります」

「やめて！」

リアンジュがさけんだ瞬間、水面に映った像が消えました。もう、皿の中に入っているのはただの水でした。四人の魔導師は汗だくになり、大きく肩を上下させて息をしていました。まるで、皿の中の水に長時間潜《もぐ》っていたような様子でした。キゼが「どうしたんだ？」と尋ねると、のどをぜいぜいいわせながらランカーイが答えました。

「邪導師が、こっちを見ました。偶然、視線がこっちを向いただけかもしれませんが、ずっと前から気づいていたようにも、思えました」

それだけ言うと、ランカーイは倒れ込むようにいすに腰をおろしました。顔色が真っ青になっていました。いっしょに魔法に集中していた魔導師たちも同じでした。キゼは部下たちの肩に手を置いて言いました。

「よくやってくれた。君たちは、少し休んでいるといい。邪導師より先に、ジャオカンというユアン人に会って保護しなくてはならん。クァンホンのところから、弟子の魔導師たちが何人か来ていたな。彼らに手伝ってもらおう」

「クァンホン氏の弟子たちは、今、国際魔導師機構で働くための教育を受けています。二階の会議室にいるはずです」

　ユンジュが、ハンカチで顔の汗をぬぐいながら言いました。

「ありがとう。本当に、少し休んでくれ」

　そう言ってキゼが指をパチンと鳴らすと、テーブルの上に四つのコーヒーカップが並びました。あたたかな湯気のたった、いれたてのコーヒーでした。冷房の効《き》いた部屋の中で、それ以上に体も魂も冷えきってしまった魔導師たちには、冷たい飲み物よりも熱いコーヒーの方がよかったのです。

　キゼは、まず事務総長の執務室にもどると〝調査室〟の手があいている魔導師を呼んで、急いでルアンティエと連絡をとるように、そしてルアンティエの家とクァンホンの家を捜査官に見張らせ、何かあったらすぐに知らせるように指示しました。

　それからキゼは、クァンホンの弟子たちの中から、とくにユアン人と仲のよかった魔導師を三人呼びました。キゼはその三人に、急いでユアン人と連絡をとり、ジャオカンの行方《ゆくえ》を探るよう言いました。

　クァンホンの弟子たちは、すぐにユアン人と連絡をとり、ジャオカンがクァンホンの家の様子を見に行ったことを聞き出しました。そこで、ティンフェイ地方にあるユアン人の地下の街に連絡をとると、ジャオカンとチェンジンがユアン人ではない男の子をひとり連れて、二日前にこの街に立ち寄ったことと、キアンナン地方に向かおうとしていたことがわかりました。

クァンホンの弟子たちのおかげで、ジャオカンが大陸のどのあたりにいるのか、ほんの二時間ほどで見当がついてしまいました。ちょうど同じころ、ルアンティエがどこかに出かけて行方がわからないという報告も入りました。

そこで、休憩して体調がもどったユンジュたちは、また〝水鏡〟の魔法を使い、手分けしてジャオカンとルアンティエを探し始めました。邪導師の城を見るときとちがって、相手が魔法で攻撃をしかけてくる心配がないので、とても楽に見ることができました。それでも、地下を移動したりして行動範囲が広いユアン人と、どこへ行ったのかわからない元魔導師を探すのは根気のいる仕事でした。


サジュエたちは、キアンナン地方へ行くために、ユアン人の地下通路を歩いていました。

ティンフェイ地方の森にある駅から登山列車に乗った三人は、森林地帯を抜けたところで地下にあるユアン人の街に寄り、その後、大陸横断鉄道に乗りました。大陸横断鉄道に丸二日半乗り、南へ向かう列車に乗りかえる駅で、サジュエたちは列車を降りてユアン人の地下通路に入りました。

ユアン人の地下通路はところどころに、光と風をとり込むための窓が地上に続いていて、とても快適に造られていました。天井には、船のスクリューのようなプロペラも付けられ、通路の中の空気がよどまないように工夫されていました。

サジュエたちは今、グイファンにあるユアン人の街に向かっていました。

グイファン王国は、タイファン大陸の東半分に広がる交易網《こうえきもう》の中心となっている国です。ティンフェイからキアンナンへ行くときには少し遠回りになるのですが、さまざまな交通がこの国を中心にして広がっているので、ここを通った方がかえって早く移動できるのです。

でも、サジュエたちがここに立ち寄ろうとしている理由は、もうひとつありました。グイファンの地下にある街に、ジャオカンとチェンジンの家族が住んでいるのです。

ふたりのユアン人戦士は、邪導師との戦いが始まることを感じ取って、もう家族に会えなくなるかもしれないと、心のどこかで考えていました。それで、もう一度家族の顔を見ておきたかったのです。

チェンジンは、自分たちの街で行われる祭りをサジュエに見せられなかったことを、とても残念がっていました。

「サジュエ、もう一か月早く、君に出会っていたらよかった。グイファンに住むユアン人の夏祭りは、そりゃあ盛大で楽しいんだよ。ぜひ、見せたかったなあ」

「チェンジンはものすごいお祭り好きでね、祭りの二か月前くらいから仕事が手につかなくなってしまうんだ」

「ジャオカン、そうじゃないよ。祭りのない時期には、ほかにすることがないから仕事をしてるだけなんだ」

冗談《じょうだん》が好きで陽気なチェンジンと、まじめで落ち着いたジャオカンのふたりは、とてもいいコンビでした。サジュエは旅をしている間、ずっと退屈しませんでした。ジャオカンとチェンジンのことや、ユアン人のことをいろいろ教えてもらいました。ふたりのユアン人は戦士なので、野宿《のじゅく》をしたり身を守ったりするための知識も豊富でした。

自分の住んでいるタイファン大陸に、ユアン人という地下で暮らす民族がいるということは、サジュエも知っていました。でも、今までのサジュエにとってユアン人とは、本や雑誌の記事で見たり、大きな街に行ったときに人ごみの中でチラッと見かけたりするだけの、ただの〝外国人〟といった存在でしかありませんでした。サジュエはジャオカンたちと仲良くなって、ユアン人にも自分と同じように暮らしがあり家族がいるのだという、あたりまえのことに初めて気づいたのです。

「でも、今のユアン人は、大切な本当の〝祭り〟を失ってしまっているんだ」

ジャオカンが、ぽつりと言いました。

「わたしたちユアン人は、地面の下で生活する民族だ。だから、大地の精霊《せいれい》を守護神のように信仰《しんこう》してる。昔は、タイファン大陸の北部にあるフェイクーン山という岩山の地下にユアン人の聖地があって、大地の精霊をまつったほこらを、強い魔法の力を持つ司祭《しさい》が守っていたそうだ。フェイクーン山は、雪と氷に閉ざされたけわしい山岳地域にある山だけど、まるで清水がわき出るように、不思議な大地のエネルギーがわき出ていたと言われている。聖地では、大地の精霊に感謝をささげる祭りが、毎年行われていたそうだよ」

「今はもう、その聖地はなくなっちゃったの？」

サジュエが聞くと、チェンジンが答えました。

「ああ、どこかの王国の軍隊がせめてきて、聖地の街はこわされ、司祭さまも連れて行かれちまったって、じいちゃんから聞いたことがあるよ。何百年も前の話だ。でもな、サジュエ、実際の聖地は失われてしまったけど、ユアン人ひとりひとりの心の中には今でも大地の精霊への信仰が生きてるんだ。みんな口には出さないけど、フェイクーン山に聖地がよみがえることを望んでる。聖地が失われたのは、ぼくらのじいちゃんのじいちゃんの、そのまたじいちゃんが生まれるよりもずっと前だっていうのにだよ。

サジュエ、ぼくらがクァンホン先生のところで魔法の修行をしてたのは、もちろん戦士として戦う力を求めてたってこともあったけど、仲間のだれかが司祭になって、いつか聖地を復活させたいと考えてるからなんだ。ぼくは、ジャオカンが司祭になればいいって思ってるんだけど、こいつ、子どもと遊んでやる時間がなくなるとか言って、いつも話をはぐらかすんだ」

「ジャオカン、子どもがいるの？」

サジュエが聞くと、ジャオカンが笑いながら答えました。

「ああ、わたしにはふたりの子どもがいるよ。上は五歳の女の子、下は三歳の男の子だ。チェンジンは、まだ結婚したばかりだから、子どもはいない」

「いるさ。嫁さんのおなかの中に」

「本当か？　そんな話、聞いてないぞ」

「ああ、聞いてるはずがない。このことを人に言うのは初めてだからな。来年の春ごろ生まれるらしい」

ジャオカンとサジュエは、チェンジンの体をぱしぱしたたいて、子どもができたことをお祝いしました。チェンジンは頭をかかえて逃げ回りながら、それでも、とてもうれしそうにしていました。

「ユアン人は、親戚《しんせき》がみんないっしょに暮らすから、とても大きな家族になるんだ。子どもでも、君くらいの年になると、いっしょに暮らしてるいとこのおむつをかえてやったりするんだぞ。サジュエ、君の家族はどうなんだい？」

チェンジンに聞かれて、サジュエはちょっと考えてから答えました。

「ぼくは、お父さんとお母さんと三人で暮らしてる。兄弟は、いないんだ。お父さんもお母さんも魔導師で、国の防衛の仕事をするお役所で働いてて、夜中まで仕事があることも多いから、三人そろうことはめったにないよ」

「それじゃあ、ひとりで暮らしてるようなもんなのか？　さびしくないかい？」

チェンジンが驚いて聞くと、サジュエはうつむいて、だまり込んでしまいました。

ジャオカンが、サジュエの肩をポンとたたいて言いました。

「わたしの親友がいやなことを聞いて、悪かった。チェンジンには悪気はないんだ。ゆるしてやってくれ。

さびしくないわけ、ないよな。でもサジュエは、そんなご両親を誇りに思っているから、さびしさになんか負けないのだろう。それに、大陸中の人から尊敬されている、すばらしいおじいさんもいるしな。

なあサジュエ、だれでも親はふたりだけだが、友達や仲間なら何人でも作れるんだぞ。わたしたちのようなちび戦士なんかには、君の友達になる資格はないかい？」

サジュエは、あわてて頭を横にふりました。涙が出そうになり、言葉がのどにつまって何も言えませんでしたが、ふたりの友達にはサジュエがどんな気持ちでいるのかがちゃんとわかっていました。

家族で旅行をすることがほとんどなかったので、サジュエにとってジャオカンたちと過ごしてきたこの三日間の旅はとても新鮮な体験でした。初めて会った人と友達になり、知らない土地を旅している自分に、サジュエは心地よい驚きを感じていました。この大陸で恐ろしいことが起きようとしていることは、わかっていました。それでもサジュエは、もうすぐジャオカンたちと別れて家に帰り、この旅が終わってしまうことがとても残念で仕方がありませんでした。

グイファンの都市が大都会であるのと同じように、その地下にあるユアン人の街も大きな街でした。何本もの地下通路がこの街に向かって集まっていました。サジュエたちの歩いている通路はそのなかでも特に大きい通路で、自動車が行き来できるくらいの大きさがあり、いつも多くのユアン人や、ユアン人と親しい人たちが通っているところでした。

でも、今はサジュエたち以外、だれの姿も見えませんでした。そのことに、最初に気づいたのはサジュエでした。

「ねえ、こんなに大きい通路なのに、いつもこんなに人が少ないの？」

そう言われて、ふたりのユアン人は顔を見合わせました。街はすぐそこに見えているのに、人の姿が見えないというのは異常なことでした。いやな予感がして、三人は急いで街に入りました。

ユアン人の街は地下通路と同じように、地上に通じる窓が天井《てんじょう》にあって、とても快適な街でした。石やれんがで造られた、大家族でも楽に暮らせそうな大きさの家がいくつも並んでいました。地下ではあまり植物が育たないので、庭や畑のある家はほとんどありませんでしたが、そのかわり、道路や広場がゆったりと広く造られていました。

街の中にも、やはり人の姿は見えませんでした。ふと、サジュエはだれかに見られているような気がして足を止めました。ほとんど同時に、ふたりのユアン人の戦士も立ち止まりました。

「サジュエ、どうして急に立ち止まったんだ？」

そう、サジュエに聞いたチェンジンの顔は、少し笑っていました。サジュエがどんな答えを言うのか、わかっているのです。ジャオカンは、普通の子どもであるサジュエが敵の存在を敏感に感じ取ったことに、驚いていました。ふたりのユアン人も、サジュエと同じように気配を感じていました。それは、敵の気配でした。

「ディ族だ。チェンジン、サジュエを頼む」

そう言うと、ジャオカンはベルトに付けたナイフの柄《つか》を握り、正面の家に向かって駆け出しました。まるで野生動物のような速さで、ジャオカンはその家に駆け込みました。チェンジンはサジュエをうながして、近くの物置小屋のかげにかくれました。次の瞬間、ジャオカンが飛び込んだ家からギャアッという大きな声がすると、何かのかたまりが三階の窓ガラスを破って飛び出してきました。

それはジャオカンと、ジャオカンにつかみかかる五、六人のディ族でした。そのかたまりは、地面に落ちるとパッとはじけて飛び散ったように見えました。落ちた場所には、ふたりのディ族が横たわっていました。地面に落ちる衝撃と、体重を乗せた両ひざでの攻撃でジャオカンが倒したのです。

かたまりは、再びひとつに集まりました。それどころか、ほかの窓や近くの家からもディ族たちがわらわらと現れ、ジャオカンに襲いかかりました。ジャオカンもディ族たちも、サジュエの眼では追いきれないほどの速さで動き、戦っていました。それでも、そのユアン人戦士にほとんど触れることができないまま、ディ族たちはジャオカンのふるうナイフとこぶしにかかって、次々に倒されていきました。

その動きを見ただけで、ジャオカンが超人的な力を持っているということが、サジュエにもよくわかりました。おそらく、とてもきびしい訓練を受けてきたのでしょう。次から次へと現れては攻撃をしかけてくる、おびただしい数のディ族たちと、ジャオカンはたったひとりで互角《ごかく》以上に戦っていました。

「チェンジン、ぼくはここにかくれてるから、ジャオカンを助けに行ってあげて」

サジュエが心配そうに言うと、チェンジンは笑いながら「大丈夫だよ」と言って、サジュエの頭をくしゃくしゃとなでました。

「サジュエ、ジャオカンはまだ余裕を残しながら戦ってるよ。それに、これから何が起きて、どんな展開になるかもわからないんだから、ぼくはまだ戦いに出てはいけないんだ」

チェンジンの言葉に、サジュエは少しだけ戦士のことがわかったような気がしました。チェンジンは、ジャオカンが戦っている様子を見ながら、くやしそうにつぶやきました。

「なんで、もっと早く気づかなかったんだろう。君のおじいさんやクァンホン先生の家が、ディ族どもに襲われたのなら、ユアン人の街だって襲われるかもしれないのに……。すっかり油断してた！」

ディ族たちは、街じゅうから集まってきていました。中には、ジャオカン以外の獲物に気づき、サジュエたちに襲いかかってチェンジンに倒される者もいましたが、ほとんどはジャオカンをねらっていました。

道路は、横たわるディ族で埋まって、恐ろしいありさまでした。なんの前ぶれもなく、倒れているディ族の体のひとつから、すうっと煙が上がりました。ほとんど同時に、ディ族たちが口々に「ずらかるぞ！」「引けっ！」と言って、逃げ出しました。

いきなり、煙の上がった場所が爆発しました。近くにいたディ族が何人か、巻き込まれて吹き飛びました。爆発の中心には、真っ黒なスーツを着た男が立っていました。ディ族たちは、この男の後ろに集まりました。

「ペイワン……。なんであんたが、ディ族どもといっしょにここにいるんだ？」

少しだけ息をはずませながら、ジャオカンは聞きました。ジャオカンは、あまりに意外な出来事にとまどい、混乱しました。戦士としての冷静な判断力を取りもどすまでに、とても長い時間がかかりました。

身をかくしたまま、チェンジンは小さな声でサジュエにささやきました。

「あれがクァンホン先生の一番弟子だった、ペイワンだよ。先生が弟子たちを家から出したときに、リアンジュといっしょに残ったのが彼だ」

そのとき、ジャオカンが絞《しぼ》り出すような声で言いました。

「……裏切ったのか、クァンホン先生を」

ペイワンは楽しそうに笑いながら、答えました。

「半分だけ、正解です。あなたは本当に素朴《そぼく》というか、単純というか、人を疑うことを知らないので扱いやすいですね。私は最初から、クァンホンを殺すために弟子として近づいていたのですよ。〝蒼の書〟を手に入れるために、バオファン様のご命令でね。バオファン様は、〝四神経《ししんきょう》〟を四冊全部そろえようとなさっているのです。

ジャオカン、あなたがたの採《と》ってきてくれた薬草は、とてもいい毒薬になりましたよ。あなたのご協力なくしては、クァンホンを殺すことはできなかったかもしれませんから、お礼を言っておかなくてはなりませんねえ」

ジャオカンは、恐ろしい形相《ぎょうそう》でペイワンをにらみつけ、こぶしを震わせて涙を流していました。先輩として尊敬してきた男がひきょうな暗殺者だったことに衝撃を受け、それを見抜けなかったふがいない自分を許すことができませんでした。

サジュエも、かくれたまま怒りに体を震わせていました。恐くて震えているのではありませんでした。寒くて震えているのでもありませんでした。サジュエは、本当に怒ったときにも体が震えることを、初めて知りました。チェンジンが、またサジュエの頭をくしゃくしゃなでながらささやきました。

「落ち着けよ。やつは、ぼくらを怒らせようとしてるんだ。やつの手に、はまっちゃだめだ。見てな、ジャオカンは優秀な戦士だから、すぐに冷静さを取りもどすぞ」

その言葉で、すっと体の力が抜けました。怒りを心の底に沈め、サジュエは冷静に考えを整理しようと努力しました。

「……三〇年前にクァンホンさんの弟子になったというペイワンは、実は邪導師の手下で、クァンホンさんを殺そうとしてきた。ジャオカンたちに薬草を採ってこさせ、方法はわからないけど、それを毒に変えてクァンホンさんを殺した。きっと、少しずつ効く毒で、だから長い間病気だったんだ」

ジャオカンがようやく冷静さを取りもどし、ペイワンに言いました。

「リアンジュをさらったのか」

「そうです。でも、正確に言えば〝蒼の書〟をいただいていくときに、余分についてきてしまったんですよ。あの小娘が〝蒼の書〟をかくし持っていて、取り出し方をしゃべらないものですから」

ペイワンは悪びれるふうもなく、平然と言いました。まるで、リアンジュなんかよりも〝蒼の書〟の方が大切だとでも言うように。

「ですからジャオカン、あなたに来ていただいて、バオファン様に〝蒼の書〟をお渡しするよう、リアンジュを説得してほしいのですよ。いえいえ、あなたは何もしなくていいんです。私たちが『あなたを殺す』と言えば、きっとリアンジュはすぐに〝蒼の書〟を出してくれますから」

そのひきょうな言葉を聞いて、サジュエの心の底でまた怒りが大きくなりました。でも、サジュエは必死に怒りを抑えながら、頭を働かせました。サジュエは静かに深呼吸すると、チェンジンにささやきました。

「ねえ、ペイワンはすごく強い魔導師なんでしょ。ジャオカンは勝てるの？」

「……たぶん、勝てない。魔法で動きを封じられて、連れ去られてしまうだろう。サジュエ、ぼくはすきを見てジャオカンを助けに出る。君は逃げてくれ。君は〝朱《あか》の書〟をおじいさんに届けなくてはならないから、絶対に捕まっちゃだめなんだ」

そのとき、ペイワンが「おもしろいものを見せてあげましょう」と言って、気取って指をパチンと鳴らしました。すると、道路に倒れていたディ族たちの体が炎に包まれました。炎はすぐに消え、倒れていたディ族たちの姿は、ユアン人に変わっていました。ユアン人たちはジャオカンがディ族に与えたままの傷を受け、そして多くの者が死んでいました。中には、本物のディ族もたくさんいましたが、女の人や子どものユアン人もまじっていました。

ペイワンが楽しそうに言いました。

「こちらのディ族だけでは人手不足だったものですから、この街のみなさんに手伝っていただいていたんですよ」

ジャオカンは、魔法でディ族に変えられていたユアン人たちを、そうとは知らずに傷つけ、殺してしまったのです。死んでしまったユアン人の中には、ジャオカンたちの知り合いや家族の顔もありました。ジャオカンは、また涙を流しました。でも、その手はもう震えることなくナイフを握っていました。

「ペイワン、きさまだけは絶対に許さん」

今度は、とうとうチェンジンも我慢できなくなりました。

「ぼくも許せない。ジャオカンを助けに出る」

チェンジンが、ナイフに手をかけて小さな声で言いました。今度はサジュエが、しかえしにチェンジンの頭をくしゃくしゃにして言いました。

「助けに出るって、どうするの？　普通に攻撃をしようとしたら、チェンジンまでいっしょに捕まっちゃうかもしれないじゃない」

「あいつは今、ジャオカンを怒らせることができたから、勝ったような気になってる。油断してるんだ。必ずすきはできる」

「何かを投げつけて、すきを作ったら？　驚かせることができれば、あいつは集中できなくなって、魔法もとぎれると思うんだ」

「投げつける？　何を？」

「いいものが、そこにあるじゃない。チェンジンなら、片手でもかなり強くぶつけられるんでしょ？」

サジュエの指差した先には、ディ族が転がっていました。ディ族の体を投げつけて驚かせ、すきを作ろうというのです。しかも、鍛《きた》えられたユアン人戦士の強い力で投げるのですから、当たればまちがいなく大けがをします。

チェンジンは、サジュエを見つめながら言いました。

「君は、ものすごいことを考えつくなあ……。よし、ペイワンが動きを見せたら、ぼくはその〝弾丸《だんがん》〟をやつにぶつける。一発じゃだめだな。一、二で、タイミングをずらして二発だ。やつがひるんだすきに、懐《ふところ》に踏み込んで斬《き》りつけてやる」

「何か、ぼくにもできることはない？」

自分も戦闘に加わるつもりでいるサジュエのおしりを、こぶしでグリグリ小突《こづ》きながらチェンジンは言いました。

「君は逃げるんだ。言っただろ。君が〝朱の書〟をおじいさんに届けなくて、だれが届けるんだ。絶対に無事で、捕まらずに帰るのが君の任務だぞ」

サジュエは少し不服《ふふく》でしたが、だまってうなずきました。チェンジンが、サジュエの肩に手を置き、念を押して言いました。

「いいかい、あわてて飛び出しちゃだめだぞ。ぼくが十分に、ペイワンの気を引き付けてからだ。それでも、失敗するかもしれないから、慎重にタイミングを見極《みきわ》めて。大丈夫だ。君は身軽だし、頭もいいから、必ず逃げられる」

「チェンジンも無事でいてね。それから、ジャオカンも」

ふたりはうなずき合って、握手をしました。そのとき、ジャオカンがナイフを構えて腰を低くする体勢をとり、ペイワンが魔法をかけるようにジャオカンに向けて右手を上げました。

そのすきをのがさず、チェンジンは飛び出してディ族を投げつけました。次の瞬間、ふたつのディ族の体は強烈な閃光《せんこう》を放ってはじけ飛びました。最初から、ペイワンは自分の周りに、目に見えない魔法の壁を作っていたのです。ペイワンは閃光にまぎれて、ジャオカンといっしょに姿を消しました。どこからともなく、ペイワンの声だけが聞こえました。

「やあチェンジン、あなたもいらしたのですか。あなたは、相変わらず悪ふざけが過ぎますね。私は急いで帰らなくてはならないので、ディ族たちにあなたのお相手をさせておきましょう。安心なさい、今度は全部本物のディ族ですから、遠慮なく戦っていただけますよ。それでは、ご機嫌よう」

ペイワンの声が聞こえなくなると、ディ族たちが一斉《いっせい》にチェンジンに襲いかかってきました。チェンジンも、ジャオカンに負けないくらいの速さと身のこなしで、次々とディ族たちを倒していきました。

ディ族たちは、サジュエにも襲いかかってきました。サジュエは、物置小屋に立てかけてあった鉄のパイプをふり回して、ディ族をなぐりつけました。それでも、襲ってくるディ族たちを倒すことなど、とてもできませんでした。サジュエの右足のふくらはぎに、痛みが走りました。ディ族の投げる、石やコンクリートのかけらが、サジュエの近くに次々飛んできてくだけました。

サジュエは、チェンジンに背を向けて駆け出しました。大きな家と家の間にはさまれた、細い路地に逃げ込みました。その路地は、行き止まりになっていました。路地の一番奥には、丈夫な木の扉があって、サジュエが懸命に開けようとしても、鍵がかかっていて開きませんでした。

「わああっ、チェンジン、助けて！」

サジュエが名前を呼んでも、チェンジンは助けにくることはできませんでした。ディ族たちが、サジュエを追って路地に入ってきました。路地がせまいので、ふたり以上のディ族が一度に襲ってくることはありませんでした。路地の奥にある木の扉に背中をつけ、サジュエは必死に鉄のパイプでディ族を追い払おうとしました。

路地の入り口の方から、コンクリートのかたまりが飛んできて、サジュエの前にいるディ族の頭に当たりました。ごつ、と鈍《にぶ》い音がして、ディ族は倒れました。路地の奥にいる獲物の姿を見ることのできないディ族が、いらいらして投げたものでした。次々と、コンクリートのかたまりや大きな石が飛んできました。サジュエは、ぐったりしているディ族を盾《たて》にして、飛んでくる石をよけました。

ディ族たちの攻撃は、めちゃくちゃでした。前に自分の仲間がいることもかまわずに投げ、石やコンクリートは路地の壁や、前の方にいるディ族や、木の扉にがんがん当たりました。ディ族を盾にしているサジュエにも、壁からはね返った石が当たりました。

コンクリートのかたまりが当たり、木の扉の鍵がこわれました。サジュエは、あわてて扉をくぐり、奥の家の中に逃げ込みました。

ディ族たちも、すぐにサジュエを追って家の中に入ってきました。サジュエは、近くにあったトイレに駆け込んで鍵をかけました。右足の靴下は切り裂《さ》かれたようにやぶれ、サジュエの血で大きな赤いしみができていました。ディ族の投げた石がかすめた左腕も、血がにじんでいました。路地で石やコンクリートが当たった、ひじや背中もずきずき痛みました。

外からは、ドンドン、ガリガリと、ディ族たちが扉をたたいたり引っかいたりしていました。トイレの扉は、路地の奥にあった扉のように丈夫ではありませんでした。サジュエはポケットからおじいさんの財布《さいふ》を取り出すと、財布の中から〝朱の書〟を出しました。

「もう、これしか方法がない」

ディ族たちは、ドアに体当たりを始めました。サジュエは懸命に心を落ち着かせ、「おじいちゃんの家に」と思いながら〝朱の書〟に心を集中しようとしました。外からは、ディ族たちが扉にぶつかる大きな音が聞こえています。扉の向こう側ではディ族の数がどんどん増えていき、体当たりをされるたびに、トイレの扉は少しずつはずれかけていました。サジュエはぎゅっと眼を閉じ、〝朱の書〟を額《ひたい》に押しつけて懸命に〝読もう〟としました。

はずれかけたトイレの扉のすき間から、褐色《かっしょく》の毛に覆われたディ族の指先が入り込んできていました。扉の外では、ディ族たちがぎゃあぎゃあ騒ぎ、ある者は扉をはずそうとし、ある者は仲間の体ごと扉に体当たりをくり返していました。

サジュエのひざが、眼で見てもすぐにわかるほど、がくがくと震えました。手のひらが冷たい汗でじっとりとぬれ、涙が出そうになりました。

「だめだ、もうだめだ……」

トイレから逃げ出す方法を見つけようと顔を上げたサジュエの眼に、窓が、地上に通じる窓の外が見えました。突然、また頭の中に〝帰還《きかん》の呪文〟が浮かび、サジュエはトイレの小さな窓をすり抜け、空へ向かって飛び出しました。

次の瞬間、ディ族たちといっしょにトイレの中へ飛び込んできた扉が、ばらばらにくだけ散りました。

五・盗み屋

サジュエはまた、おじいさんの家の本の部屋に立っていました。部屋の中は、少しだけ片づけてありましたが、サジュエが飛び出したときとほとんど変わらず、荒らされたままでした。

ディ族に襲われて体中にできた傷が、ずきずきと痛みました。

サジュエは、ポケットからおじいさんの財布《さいふ》を取り出して開きました。〝朱《あか》の書〟は吸い込まれるように、また小さくなって財布の中に収まりました。

今まで地下の街にいたのでわからなかったのですが、ちょうど日が暮れたばかりで、空が暗くなり始めるころでした。本の部屋の中では、魔法のかかったクジラのレリーフがまた明かりを灯していました。

サジュエは、おじいさんはもうこの家にはいないだろうと思っていました。財布にかけた魔法のメッセージで、ルアンティエは家を片づけたらサジュエを迎えに出ると言っていたからです。もしかしたら、グイファンの地上の街に来ていたのかもしれません。

「チェンジンは、無事に逃げられたかな……」

そう考えながらサジュエが階段に向かって歩いていると、すぐ横の本棚のかげで何かがキラッと光りました。

「動くな」

本棚のかげで光ったのは、細長いナイフでした。見たこともない男が、そのナイフをすっとサジュエの首筋に突きつけました。

首筋に、ひりっと冷たい感触が走りました。心臓が、大きくどくんと鼓動《こどう》しました。

サジュエは、体がしびれたように、動けなくなってしまいました。

男は二〇歳くらいで、とても変な格好《かっこう》をしていました。短い髪の毛はオレンジ色に染められ、デッキブラシのような形に逆立《さかだ》っていました。その頭には、赤い布をはちまきのように巻いていました。真っ赤なタンクトップを着て、オレンジ色のゆったりしたズボンをはき、ポケットがたくさんついた、丈《たけ》の長い山吹色《やまぶきいろ》のジャケットを着ていました。足には、底にエアクッションのついた黄色いスニーカーを履いていました。ジャケットのそではひじまで巻き上げてあって、右の手首にはブレスレット、左の手首には大きな腕時計をはめていました。よく見ると、男は右の耳に銀色のピアスをしていました。

「お前さん、この家の者か?」

男はサジュエをにらみつけ、ナイフを突きつけたまま、低い声で言いました。サジュエは、何が起きたのか、まったくわからなくなってしまいました。長い間、真っ白になってしまった頭を働かせようと必死になって、ようやくその男が侵入者だということに気づきました。

「……どろぼう?」

サジュエが聞くと、男はいらいらしたように言いました。

「質問してるのは、こっちだ。おれがナイフを持ってることには、気づいてるだろ? リンゴをむくために持ってるんじゃねえってことも、わかるよな。……それじゃあ、もう一度だけ聞くぞ。お前さんはこの家の者か?」

「……この家の者……です」

「ふふん、正解っぽいな、いいだろう。じゃあ、第二問だ。おれが入ってきたとき、この家にはだれもいなかったんだ。きっちりたしかめたから、まちがいねえ。なのに、お前さんはこの塔の一番上の部屋に、突然現れた。さて第二問。……お前さんは、空を飛んできたのか?」

サジュエは、何も言えなくなってしまいました。口の中がからからに渇いて、両手にはじっとりと汗が出てきました。まるで頭の中に氷のかたまりができたように、頭から背筋に冷たい震えが走りました。

　本の部屋の床にある入り口が、サジュエの眼に入りました。思い切り走れば、男の手をすりぬけて飛び込めそうな気がしました。足元に散らかっている本を投げつければ、男のすきを作ることができるかもしれないとサジュエは考えました。

「逃げようなんて、考えるなよ。お前さんがどんなスピードでダッシュしても、おれは確実に追いつくぞ」

　サジュエの考えていることを見透《みす》かしているかのように、男は言いました。

　この男は〝朱の書〟を盗むためにおじいさんの家に入り込んだのだと、サジュエは直感的に気づきました。そして、この男は、サジュエが〝朱の書〟で空を飛んできたのではないかと疑っていました。サジュエは、何も知らないふりをしなくてはなりません。もしもこの男が、ペイワンと同じように邪導師《じゃどうし》の手下なのだとしたら、なおさらです。

　そのとき、ひとりの女が階段を駆け上がって、本の部屋に入ってきました。

「ルイジ！　魔導師《まどうし》機構の捜査官が来るよ！」

　男の仲間らしいその女も、同じように派手《はで》な格好をしていました。男と同じ赤い布を頭に巻き、腰まである長い髪をその布で束《たば》ね、頭の上にはサングラスをのせていました。赤い布をベルトのように腰に巻き、少しだけ色のちがうオレンジ色のTシャツとひざ丈のズボンという姿で、男と同じ黄色いスニーカーを履いていました。

ルイジと呼ばれた男は、サジュエに突きつけていたナイフを引っ込め、頭に巻いた布に手をやりながら言いました。

「やつら、やっぱりこの家を見張ってやがったのか。でも、なんでわかったんだ？　連中のお得意の〝水鏡《みずかがみ》〟には、おれたちの姿は映らねえはずだぞ」

ふたりの侵入者は、パッとサジュエの顔を見ました。

「そうか、このがきが見つかったのか。……仕方ねえ、引き上げだ。リンダ、魔方陣《まほうじん》を出してくれ」

男は、ベルトにつけたさやにナイフをしまいながら言いました。リンダと呼ばれた女は、背負っていたかばんから折りたたんだ紙を取り出すと、相棒の男に聞きました。

「その子、どうするの？」

「当然、連れてくさ。こいつは、おれたちの顔を見ちまったんだからな。それに、大事なことを知ってるかもしれねえ」

女が取り出した紙を床に広げると、それは大きな円形をしていました。紙には、同心円《どうしんえん》を基本にした複雑な図形と魔法言語で、魔方陣が描かれていました。

男は、女の背中のかばんに手を突っ込んで野球キャップの形の赤い帽子を取り出すと、乱暴にサジュエの頭にかぶせました。男がサジュエの腕をつかみ、三人が魔方陣の上に乗ると、女が呪文を唱えました。紙に描かれた魔方陣が光り始めたかと思うと、三人は本の部屋ではなく森の中に立っていました。

「おい、こっちだ」

男に腕を引っ張られながらサジュエがふり返ると、地面に置いた魔方陣の紙が煙を上げて燃えながら、だんだん消えていくところでした。

大きな樹としげみのかげに、一台のワゴン車がかくしてありました。普通のワゴン車よりふたまわりほども大きいその車の車体は、森の中で目立たないよう、緑や茶色のまだら模様に塗られていて、窓にはサングラスのように内部の見えにくい、黒のガラスが張られていました。よく見ると、その車には車輪がありませんでした。

「入りな」

男にうながされてサジュエが中に入ると、車の中は広くて快適な造りになっていました。前半分は普通の乗用車のようになっていて、運転席の後ろに三列の座席があり九人くらい座れるようになっていました。座席は、車の右側に並んでいて、左側にはベッドにも荷物台にもなりそうな、大きないすがありました。

車の後ろ半分、右側には、小さな調理台や冷蔵庫、電子レンジなどが並んでいて、部屋のようになった左側にはトイレとユニットバスがありました。

「そっちじゃねえ、ここに座れ」

男はジャケットを脱ぎ、小さな冷蔵庫から缶ビールを取り出してくると、サジュエを車の左側の大きないすに座らせました。自分は、ビールをひと口飲んで、サジュエの向かいの座席にどさっと腰をおろしました。

「さて少年、第二問の答えがまだだぞ。お前さんは、空を飛んであの部屋にもどってきたのか？　じいさまの空飛ぶほうきを借りた、とか言うつもりなら、そのほうきを見せてもらうぞ」

「おじいちゃんに、魔法の小瓶《こびん》をもらってたんだ。ふたを開けると、すぐにあの部屋に帰れる小瓶。あんたたちがさっき使った、魔方陣と同じようなものだと思う」

サジュエは、懸命に自分を落ち着かせようとしながら、そう答えてごまかしました。

男は顔をしかめながらサジュエをにらみつけ、またビールをひと口飲んで言いました。

「頭の回るがきだな……」

女が、男の横にすとんと腰をおろし、男のくやしそうな顔を、笑いを浮かべながら見ました。サジュエは、思い切って口を開きました。

「ねえ、ぼくを帰してよ。ぼくは早く、おじいちゃんに会わなくちゃいけないんだ。早くしないと、リアンジュやジャオカンが……」

「うるせえな、お前さんの事情なんか知ったことかよ。お前さんは、おれたちの顔を見ちまってるんだ。簡単には帰せねえ」

男はだんだん、いらいらしてきていました。手に持ったビールの缶を、指先でペコペコいわせながら、またひと口飲みました。その様子を面白そうに見ていた女が、口をはさみました。

「じゃあ、わたしから第三問。夕飯にしようと思うんだけど、何が食べたい？」

「ブタ肉と豆をトマトで煮たやつと、チキンの脚《あし》のローストと、麦芽《ばくが》入りのパン！」

男はサジュエをにらみつけたまま、いらいらした声のままで、そう答えました。それがまたおかしいらしく、女はくすくす笑いながらサジュエに言いました。

「少年、あんたは？　食べ物と飲み物くらいは、自由に飲み食いさせたげる」

「……ぼくも、同じ物でいい」

そう言いながら、サジュエは男をにらみ返しました。女はニッと笑って立ち上がると、車の後ろの方へ行って料理を始めました。料理をしながら何か魔法を使ったらしく、ほんの一〇分ほどで食事の用意ができました。

テーブルにつくとき、かぶせられていた赤い帽子をサジュエがとろうとすると、男が止めました。

「その帽子は、かぶっとけ。かぶっててもらわねえと、ちょっと困るんだ。ここには、食事中に帽子を脱げとかマナーをうるさく言うやつはいねえしな」

サジュエは、帽子を半回転させて、つばを後ろにやりました。

サジュエと男は、にらみ合ったままガツガツと食べました。男がおかわりをすると、サジュエも負けずにおかわりをして、張り合うように食べました。パンをかじりながら、男がサジュエに聞きました。

「さっき、ちらっと言っただれかは、お前さんの兄弟かなんかか？　じいさまに早く会わないと、どうにかなっちまうのか？」

「リアンジュとジャオカンは、ぼくの友達だ。でも、あんたはさっき、ぼくの事情なんか知ったことじゃないって言ったから、教える必要はないね」

男は、テーブルを両手でダンとたたいて立ち上がりました。

「このがき！」

「がきじゃない！　ぼくの名前はサジュエだ！」

サジュエも負けずに立ち上がりました。突然、女が大きな声で笑い出しました。立ち上がったふたりは、何が起きたのかわからず、ぽかんとして動きを止めました。笑いの発作《ほっさ》がおさまって、女が言いました。

「なんだか、あんたたちふたり、兄弟みたいだ。悪かったね、サジュエ。そいつの失礼はわたしがあやまるから、座ってよ。わたしの名はリンダ。そっちはルイジだよ」

「どろぼうが自己紹介なんかして、いいの？」

腰かけながらサジュエが聞くと、ルイジがまたいらいらしながら言いました。

「どろぼうじゃねえ。おれたちは〝盗み屋〟だ。おれたちは、自分のほしい物を盗むんじゃなくて、人から頼まれて〝盗みの技術を提供〟してるんだ。だれかが盗まれた物を、取り返してやったりするのがおれたちの仕事なんだよ。そりゃ、法律に違反してるってことはわかってる。はっきり言って裏稼業《うらかぎょう》だ。国際魔導師機構の連中や国際警察には、いつも追いかけられてるしな。でも、人の役には立ってるんだ」

サジュエは、急に〝盗み屋〟のことに興味がわいてきました。本当は、サジュエにはふたりの〝盗み屋〟に聞きたいことが、たくさんあったのです。赤やオレンジ色の派手な服装の意味、逃げるときに使った魔方陣のこと、車輪のないこの車のこと、サジュエのかぶせられた赤い帽子、そしてこのふたりの正体。でも、あまりいろいろなことを聞いて、さっきのようにナイフで脅されても困ると思い、サジュエはだまっていました。

リンダが、サジュエに聞きました。

「ねえサジュエ、あんたがさっき言ってた友達だけどさ、早くおじいさんに会わないとどうなるんだって？」

「……殺されるかもしれない。ふたりは、捕まってるんだ」

「だれに？」

サジュエは、話していいものか、迷っていました。このふたりが、それほど悪い人ではないということはわかってきました。でも、このふたりが邪導師に依頼されて〝朱の書〟を盗もうとしていたとしたら……？

またルイジが、いらいらしながらテーブルをコンコンたたいて言いました。

「言えよ。お前さんの友達は、だれに捕まってんだ？」

「……邪導師」

仕方なく、サジュエが小さな声でそう言うと、ルイジがガタンといすを倒して、急に立ち上がりました。

「バオファンのやろうか！　何者なんだ、そのふたりは」

わけがわからなくなって、サジュエが何も言えなくなっていると、またリンダが笑いながら言いました。

「安心しなよ、サジュエ。わたしたちは、あんたの敵じゃなかったってことだよ。……ルイジ、話してやってもいいよね、わたしたちのこと」

ルイジは、いすを起こしてまた腰かけると、だまってうなずきました。リンダは、サジュエにお茶を出しながら話し始めました。

「さっきルイジが、わたしたちは〝盗み屋〟だから、人に依頼されて盗むんだって言ったでしょ。でも、あんたのおじいさんの家から盗もうとしたのは、だれのためでもない物なの。タイファン大陸に住む全部の人のためでもあるし、ルイジ自身のためのでもある物。

あんたは、きっと〝朱の書〟を知ってるね。わたしたちは、〝朱の書〟とほかの三冊の本を集めようとしてるの」

そこで、ルイジが代わって話し始めました。

「もともと、その四冊の本〝四神経《ししんきょう》〟は、おれのご先祖さまが何百年も前に作ったものなんだ。そのうちの三冊は信頼できる友人の魔導師に贈り、〝玄《くろ》の書〟は子孫に受け継がせた。

おれの家は、代々〝魔具工《まぐこう》〟をやってきたんだ。おれも魔具工だよ。魔具工ってのは、魔法の道具を作る職人のことだ。もう、タイファン大陸全体でも、やっと両手で数えられるくらいの人数しか残ってない、古い職業だ。

おれたち魔具工はな、〝四神経〟みたいな魔法の力を持つ道具のことを〝ルイ〟って呼ぶんだ。もともとは〝魔具〟って呼んでて、だから職業の名前も魔具工って言うんだけど、なんだか字づらが縁起《えんぎ》悪いからってルイと呼ぶようになったって、何かの古文書《こもんじょ》に書いてあった。お前さんにやったその帽子もルイだし、おれとリンダが身につけてる服なんかもほとんどルイだし、このグリフィン号、……車もルイだ。このグリフィン号は、おれの最高傑作なんだぞ。

バオファンのやろうはな、おれのじいさんから〝玄の書〟を盗んで、しまいにはじいさんを殺しやがったんだ。だから、おれは魔導師のリンダと組んで、〝盗み屋〟になった。いつか、やつから〝玄の書〟を盗み返して、じいさんのかたき討ちをしてやるためにな」

サジュエは、ルイジの方に身を乗り出して言いました。

「ねえルイジ、リアンジュとジャオカンを助けたいんだ。手を貸して。ふたりを邪導師から盗み返してよ」

このとき、ずっとサジュエをにらんでいたルイジが、初めてニッと笑いました。

「お前さんは頭の回転が早いし、何かと役に立ちそうだな。いいだろう、今日からおれたちの仲間だ。ただし、おれたちは盗賊団じゃなくて、言ってみりゃ会社みたいなもんなんだ。だから、おれのことは〝社長〟と呼ぶように」

「ルイジには〝社長〟よりも〝兄貴《あにき》〟の方が似合うけど」

サジュエが言い返すと、リンダがまた大きな声で笑いました。おかげで、ルイジの「それじゃ、盗賊団じゃねえか」という抗議は聞いてもらえませんでした。

リンダの笑いがおさまると、サジュエが話し始めました。

「リアンジュとジャオカンが邪導師に捕まってるのは、〝蒼《あお》の書〟のせいなんだ。邪導師は、〝四神経〟を四冊全部集めようとしてるんだって。リアンジュは、もともと〝蒼の書〟の持ち主だった魔導師クァンホンさんの孫の女の子で、クァンホンさんが亡くなる前に〝蒼の書〟を受け継いだらしい。リアンジュはまだ〝蒼の書〟をかくしてて、邪導師は手下のペイワンっていう魔導師を使って、〝蒼の書〟を奪うためにリアンジュと仲のいいジャオカンもさらっていったんだ」

「本をよこさねえと、こいつを殺すぞってわけか」

ルイジが、またいらいらしながらつぶやくと、サジュエはだまってうなずきました。

「よし。サジュエ、お前さんに手を貸してやる。その代わり、お前さんは〝朱の書〟を出せ。いや、必要なときに貸してくれればいい。今、持ってんのか？」

ルイジが聞くと、またサジュエはうなずきました。

「持ってる。おじいちゃんの魔法で、かくしてある」

「それでいい。だれにも盗まれねえように、ちゃんとかくして持ってろ」

「わかった」

「よし、サジュエ。それじゃあ、おれたちの仲間になったお前さんに最低限のことを教えといてやる。

まず、おれたちは法律に違反することをして〝盗み屋〟をやってるから、国際魔導師機構やいろんな国の警察に追われてる。特に魔導師機構の連中は、魔法を使って捜査をしやがるから、とても手強《てごわ》い。今、おれたちが着てる服は、外側からの魔法の力をはじく特殊な素材で作ったルイで、連中が魔法でおれたちを探そうとしても見えねえようにできてる。もちろん、直接目で見られたら見つかっちまうけどな。お前さんにやった、その帽子もそうだ。このグリフィン号にも同じ機能がついてるから、車内かすぐ近くでなら裸になってもまず大丈夫だけど、用心は忘れるな。

そうか、帽子以外にも装備がいるな……。リンダ、あとでサジュエに靴と上着を適当に見つくろってやってくれ。

それから、〝盗み屋〟の心得《こころえ》としては……、そうだな、必要な物以外は盗むな。むやみに人を殺したり傷つけたりするな。それからだな……」

ルイジがまじめな顔をして話していると、リンダがパンパンと手をたたきながら割り込んできました。

「はいはい、むずかしい話はおしまい。もう、おそいから、さっさと寝るよ。あんたは、話し始めると長くなるんだから。だいたいあんた、人をむやみに殺すななんて、盗んでるところを見つかったらさっさと逃げ出すくせによく言うよね」

かっこよく話をまとめたと思って、いい気分になっていたルイジは、リンダにリズムを狂わされてちょっとムッとしていましたが、三人ともすぐに座席をベッドにして寝ることにしました。サジュエを案内しながら、リンダが小さな声で言いました。

「ルイジは、ちょっとしたことですぐいらいらするように見えるけど、本気で怒ることなんかめったにないから安心して。オレンジ色に髪を染めて、チャラチャラしたチンピラみたいに見えるけど、本当はすごく頭もいいし、やさしいやつなの。きっと、あんたともうまくやっていけるよ」

サジュエは、笑いながらうなずいて横になりました。

車の窓から月の光が射し込んでいました。森の樹々《きぎ》の間に見える月は、もうすぐ満月になろうとしていました。


夜明け前から霧に包まれた森は、少しずつにじむように明るくなって色彩を取りもどしていき、鳥や動物たちの鳴き声とともに朝を迎えました。

サジュエが目を覚ましたときには、もうルイジもリンダも起きていました。サジュエはちょっと心配になって、ポケットに入れたおじいさんの財布を調べてみました。〝朱の書〟もお金も、なくなってはいませんでした。

ユアン人の地下の街でディ族に襲われたときにできた傷は、ほとんど治っていました。サジュエが眠っている間に、リンダが魔法で治してくれたようでした。

窓の外では、リンダがテーブルといすを出しながら朝食の用意をしていました。サジュエは、ふたりが〝朱の書〟やサジュエのお金を盗んだのではないかと、少し疑ってしまった自分を恥ずかしく思いました。

サジュエが寝ていた座席の背もたれには、ルイジのと同じようにポケットのたくさんついたオレンジ色のジャケットと、赤いTシャツがかけてありました。座席の足元には、これもルイジたちと同じ黄色いスニーカーが置いてありました。Tシャツとジャケットを着てスニーカーを履いてみると、魔法の効果で大きさが変わり、ぴったりとサジュエのサイズに合いました。

サジュエは、帽子をかぶってグリフィン号の外に出ました。樹々の間から見える空は、真っ青に晴れ上がっていました。まだすずしい朝の空気は、森の湿気《しっけ》を帯びてしっとりとしていました。周りの森には、サジュエが本などでしか見たことのないような、南方系の樹が多く生えていました。足元や周囲に生えている草を見ても、どこか亜熱帯風でした。森のいたるところから、鳥や動物の鳴き声が聞こえていました。

グリフィン号の後ろで顔を洗っていたルイジが顔を出しました。

「よう、起きたか。お前さんも顔を洗いな」

「この服とスニーカー、ありがとう。あんまり派手な色だから、目が覚めちゃった」

ルイジは、サジュエのおしりをペシッとたたき、声をあげて笑いました。サジュエは帽子をグリフィン号のバンパーに引っかけ、顔を洗いながら聞きました。

「ねえ、〝盗み屋〟は目立たない方がいいんでしょ？　なんでこんなに派手な服を着てるの？」

ルイジが、サジュエの頭の上にタオルをかぶせて言いました。

「いい質問だ。最初、お前さんが本の部屋でおれに会ったとき、おれは目立ってたか？」

「質問してるのは、ぼくの方だよ」

「このやろう！」

ゆうベルイジが言った言葉をまねて冗談《じょうだん》を言ったサジュエの頭を、ルイジはタオルでぐるぐる巻きにして、乱暴にマッサージしました。その様子を見て、またリンダが笑いました。

「ごめんなさい！　まじめに話をします！　最初に会ったときには、兄貴は目立っていませんでしたあ！」

サジュエが悲鳴をあげると、ルイジはサジュエを解放しました。

「あんまり冗談が過ぎると、今度はリンダの見てる前でパンツを下げるからな。……そう、目立ってなかったんだ。昼間に見ると派手な色でも、暗くなると目立たない。薄暗い場所では、黒よりもこういう色の方がかえって目立たねえんだよ。あとはまあ、好みだな。おれもリンダもこういう色が好きなんだ。いざとなりゃ、服の色なんか魔法で変えられるし、姿も消せるからな」

サジュエが納得していると、リンダが朝食の準備を終えてふたりを呼びました。サジュエは、つばを後ろにして帽子をかぶると、テーブルにつきました。

サジュエたちがいる場所のそばには大きな沼があって、リンダはその沼がよく見える位置にテーブルを出していました。水の上を、派手な色をした水鳥が泳いでいました。グリフィン号の横のしげみや、太い樹の幹に根をはった宿り木や、沼の水面の浮き草に鮮やかな色の花が咲いていました。リンダは、その中の黄色や赤のきれいな花をつんできて、テーブルの上に飾っていました。

この森の植物や動物は、ルアンティエの家の周りで見られたものとは明らかにちがっていました。サジュエは、ゆうべ魔方陣で移動したとき、どのくらいの距離を飛んできたのだろうと思いました。リンダが焼きたてのパンを差し出したとき、サジュエはここがどこなのか聞いてみました。

「ここはまだ、キアンナン地方だ。瞬間移動できる距離は、一番遠くまで飛べる魔方陣を使ってもせいぜい一〇〇キロくらいだからな。この森は、お前さんのじいさまの家からそんなに遠くはねえんだ。四〇キロくらいしか離れてない。シュアンベイ山脈のはじっこの高い山をひとつと、ディアンスン共和国の国境を越えてるけどな」

ルイジが、目玉焼きを口に放り込みながら言いました。ルアンティエの家を監視していた国際魔導師機構の捜査官から逃げてきて、それでもルイジがこうしてのんびりと食事をしていられるのは、絶対に見つからないという自信を持っているからでした。

キアンナン地方の北にある平原地帯は、さらに北にあるシュアンベイ山脈の谷を下ってくる冷たくて乾燥した風のおかげで、一年を通じて快適な気候になっているのですが、本来は亜熱帯から熱帯にあたる場所なのです。だから、少し西に移動しただけで気候が変わり、動植物の種類がちがってくるのでした。

ふっと、それまで森全体から聞こえていた鳥や虫や動物たちの声が止まりました。急に何も音が聞こえなくなって、サジュエたちの食事の音がうるさいくらいに感じられました。三人は、驚いて手を止めました。少しすると、遠くから響く地鳴《じな》りのような音が聞こえてきました。

「タイファン大陸に住むすべての者に告げる」

その声は空から、はっきりと聞こえてきました。空には、黒いひげを生やし、黒い髪を肩まで伸ばした男の顔が浮かびあがっていました。まるで、青い空をスクリーンにして映し出されたようなその男は、冷たい笑みを浮かべ、太く低い声で話し始めました。

「私の名はバオファン。タイファン大陸最強の魔導師にして、この大陸の支配者である。今日から、このタイファン大陸は私の帝国の支配下に入る。今この大陸にあるすべての国は、わが帝国の属国《ぞっこく》とする」

邪導師の名を聞いたルイジが、いすを倒して立ち上がりました。空に顔を映し出した邪導師は、まだ冷たく笑いながら話していました。

「タイファン大陸に住む者たちよ、私は諸君《しょくん》から何も奪うものではない。むしろ、諸君にすばらしい贈り物を約束しよう。絶望と苦しみを、そして死を。私の望みは、ただひとつ。諸君が苦しみ、悲しみ、みじめにあがくさまを見ることだけである。

私の帝国への、そして私へのいかなる抵抗も構わない。ただし、どんな抵抗もむだであることを心得ておくことだ」

邪導師が話しているうちに、真っ黒な雲が空を覆い始めました。それにつれて、空に浮かんだ邪導師の姿が、だんだんうすれていきました。

「わが大陸に太陽はいらぬ。この鉛色《なまりいろ》の空を心に焼きつけよ。この空の色が、バオファン大帝の名のもとに支配される帝国の証《あかし》である」

最後に、雷鳴《らいめい》とも笑い声ともわからない、寒々とした音を残して、邪導師の姿も声も空から消えました。きれいに晴れていた空は、一面真っ黒な雲に覆われ、今にも落ちてきそうな重苦しい色に変わっていました。

サジュエたちはしばらくの間、身動きもせず空を見上げていました。いきなり、ルイジがテーブルをダン、とたたきました。

「あのやろう……、〝蒼の書〟を手に入れやがったのか。〝バオファン大帝〟だと？　調子に乗りやがって……」

ルイジの言葉を聞き、サジュエも驚いて立ち上がりました。

「邪導師が〝蒼の書〟を手に入れたの？　それじゃ、リアンジュは？　ジャオカンは殺されちゃったの？」

「わからねえ。……まあ座んな。落ち着いて、考えをまとめよう」

ふたりは、また腰かけました。空になったふたりのカップに、リンダがお茶をつぎ足しました。そのお茶を一気に飲んで、ルイジが言いました。

「サジュエ。人間にはな、ふたつの種類があるんだ。頭のいい人間と、頭の悪い人間だ。お前さんのじいさまほどの大魔導師でもバオファンのやろうを恐れるのは、あいつが頭のいい人間だからだ。もし、あいつが頭の悪い人間だったら、だれもかなわねえほどの魔法の力を持ってても全然恐くねえ。それに、お前さんの友達だって、人質《ひとじち》として利用することなんか考えねえですぐに殺しちまってると思う。あのやろうみてえに残忍なやつでも、頭のいい人間は簡単には人質を殺さねえ。生かしといて、利用しようとするんだ。

うん、正解っぽいぞ。お前さんの友達は、きっとまだ生きてる。大丈夫だ、おれが助け出してやる」

サジュエが、まだ心配そうな顔をしていると、リンダが笑いながら言いました。

「サジュエ、ルイジが〝大丈夫だ〟って言うときは、ほんとに大丈夫なんだよ。心配するひまがあったら、どうすればいいのか考えるのに頭を使った方がいいよ」

「わかった。……ねえ、兄貴はなぜ邪導師が〝蒼の書〟を手に入れたってわかったの？」

サジュエが聞くと、ルイジは意外そうに言いました。

「お前さん、〝蒼の書〟にどんな魔法が書いてあるのか知らねえのか？」

「知らない。〝朱の書〟のことも、ほとんど知らないんだ。ほかに〝白の書〟と〝玄の書〟があって、四冊で〝四神経〟って呼ばれてることまでは教えてもらった」

ルイジは、サジュエが〝四神経〟のことをきちんと教えられていると思っていたので、サジュエの言葉を聞いて少し驚きました。でも、考えてみればそれも当たり前のことで、ルアンティエがそれだけ慎重に、自分の先祖が作った〝朱の書〟を管理してくれていたということなのです。そのことを理解できたルイジは、少しうれしく感じました。

ルイジは、さっと立ち上がると言いました。

「よし。〝四神経〟のことは、あとでゆっくり教えてやる。そうすりゃ、なんでバオファンのやろうが〝蒼の書〟を手に入れたことがわかったのかってのも自動的にわかるだろ。まずは、さっさとこいつを片づけて出発しよう」

三人は朝食のテーブルを片づけ、出発の用意をしました。リンダが、テーブルをしまいながら、ルイジに聞きました。

「これから、どこに行くの？」

「予定どおりにいく。〝四神経〟を全部手に入れる。バオファンのやろうのところに行けば、二冊いっぺんに手に入るけど、ちょっと相手としてやばすぎるからな。まずは国際魔導師機構の本部におじゃまして、キゼ事務総長から〝白の書〟をいただく。こっちも相当にやばい相手だけど、バオファンに比べりゃはるかに安全だ」

ルイジの言葉を聞いて、サジュエが抗議しようとしたのを、ルイジは手でさえぎりました。

「心配すんなって。お前さんの友達は、ちゃんと助け出す。こういうことは、順序が大事なんだ。あせって順番をまちがえると、ゲームに勝てなくなっちまうぞ」

三人は、片づけを終えるとグリフィン号に乗り込みました。

ルイジがエンジンをかけると、グリフィン号はブルンと振動して、すぐに静かになりました。普通の自動車のエンジンを魔法のシステムにつなげたものなので、ルイの部分が動き出すとエンジンの振動も気にならないようにすることができるのでした。それに、排ガスまでも魔法でエネルギーに変えて利用してしまう仕組みなので、空気を汚すこともなく、魔法で痕跡《こんせき》をたどることもほとんど不可能なのでした。自然環境に悪影響を与えないということは、ルイを作るうえでのルイジのこだわりでもありました。

車輪のないグリフィン号は、音もなく浮き上がって沼の上を渡ると、樹々の間をぬって森の中へ消えていきました。

六・聖なる力

ルイジが運転するグリフィン号は、森の中をぐるぐる回るようにして、地面から浮き上がりながら走っていました。空は相変わらずどんよりと曇っていて、森の中はまるで真夜中のような暗さでした。車のヘッドライトの光が樹々《きぎ》の間をぬって動くたびに、まるで邪悪な何者かの影が樹のかげをすばやく移動してついてくるように思えました。

ルイジは、最初来たときに通った道筋をそのまま反対にたどっていこうとしていました。来たときの道筋をグリフィン号に記憶させてあるので、道をまちがえると機械が警告してくれるようになっていました。

ちゃんと、来たときと同じ道筋を走っていることをたしかめ、注意深く運転を続けながら、ルイジはとなりに座っているサジュエに話し始めました。

「さて、それじゃあ〝四神経《ししんきょう》〟のことを教えてやることにしよう。最初に言っとくけどな、お前さんのじいさまがくわしい話をしなかったのは、それだけ〝朱《あか》の書〟のことを慎重に考えてたからだ。〝四冊そろえた者は世界を手にする〟とか言われるくらい、めちゃくちゃに強力なルイだから、秘密にしてかくしときたかったんだろう。おれたちの仲間として動く以上、お前さんにも知っておいてほしいから教えるけど、それだけ重大だってことは承知しとけよ」

サジュエがうなずくのをちらりと見て、ルイジは話を続けました。

「〝四神経〟ってのは、四冊の本の形になってて、それぞれちがった魔法の書いてあるルイだ。あんまり強力なんで四つに分けたんだけど、それでもそこらへんの魔導師《まどうし》じゃかなわねえほど強い魔法が書いてある。

まず〝蒼《あお》の書〟だ。こいつには水を操ったり水中で自在に活動したりできる魔法と、天候を自在に操る魔法が書いてある。ほかにもいろいろ書いてあるんだけど、このふたつが中心だな」

「邪導師《じゃどうし》が空に現れてしゃべったのは、〝蒼の書〟の力なの?」

サジュエが口をはさむと、ルイジは少し考えてから言いました。

「そうだ。たぶん、あの姿の正体は虹だ。あの声は雷鳴《らいめい》を使ったんだろう。〝蒼の書〟で天気をいじくって、自分の魔法をそこに乗っけて、ああいうことをやったんだと思う。雲が空を覆ったら、姿が消えただろ? 虹は太陽の光がないと見えねえからな。

〝四神経〟の続きだ。次にお前さんが持ってる〝朱の書〟だが、これには空を飛ぶ魔法と、風を操ったり読んだりする魔法が書いてある。風を読むってのは、風からいろんな情報を手に入れられるってことだ。知りたいことは、風を通して何でもわかる」

「リアンジュたちが無事かどうかも、たしかめられる？」

「ちょっと、だまって聞いてろよ」

サジュエが口をはさむのが気に入らなくて、ルイジはまたいらいらし始めました。ルイジを怒らせて、〝四神経〟のことを教えてもらえなくなっては困るので、サジュエは口にチャックを閉めるまねをして「だまって聞きます」という気持ちを表しました。ルイジは、サジュエをちょっとにらんで、話を続けました。

「それは、たしかめられる。だけど今はやめとけ。相手を探る魔法は、逆に相手から探られる危険を伴《ともな》うんだ。それはルイを使ったときでも同じだ。お前さんが探りてえ相手は、あのバオファンの城の中にいるんだ、反対に何をされるかわかんねえぞ。

次は、その邪導師大帝陛下のやろうがお持ちの〝玄《くろ》の書〟だが、こいつには防御の魔法と癒しの魔法、地面の下を自在に動き回れる魔法が書いてある。あいつが手下に使ってるディ族は、一〇〇〇年以上も昔の魔導師が地下深くに封印した連中なんだけど、バオファンのやろうは〝玄の書〟の力で掘り出して復活させやがったんだ。

最後に〝白の書〟。さっきも言ったように、今は国際魔導師機構のキゼ事務総長が持ってるんだけど、これには火を操る魔法と、パワーやスピードを強めたり弱めたりする魔法が主に書いてある。

　だいたい、そんなとこだ。質問があれば、してもよろしい」

「〝四神経〟は、どのくらいの力を持った魔導師なら使いこなせるの？　ぼくのおじいちゃんは、『強力すぎて、わしの手にも負えない』って言ってたんだ。それとも、これもぼくが不用意に〝朱の書〟を持ち出さないようにするための、うそなの？」

「それは、ズバリうそだな。ルイってのは、魔法の使えねえ者でも魔法を使えるようにするための道具なんだから、魔導師としての力とかは関係ねえんだ。ただし、〝四神経〟は超強力なルイだから、ふたつの安全装置が用意されてる。ひとつは、四冊に分けて、同じひとりの人間が二冊以上を同時に使えねえようにしてあること。もうひとつは、本の本当の名前を知らない者は使えねえようになってることだ」

「本当の名前？」

「そうだ。〝朱の書〟とか〝蒼の書〟とかってのは、あくまで通称だ。〝四神経〟は、古代のルン語っていう特別な魔法言語で書いてある。ルン語は、その文字自体には意味がなくてな、〝読んでもわからず、読まなくてもわかる〟っていう、頭の中と直接つながる言葉なんだ。そこんとこの性質を利用して、頭の中に〝本当の名前〟というキーワードが入ってねえ者は、読めねえようにしてあるんだ」

「そうか。だから、〝朱の書〟の本当の名前を知らないぼくは、思い通りに飛んだりできなかったんだね」

ルイジは、急にグリフィン号を止めて、サジュエの顔をのぞき込みました。また、サジュエの言ったことが気に入らないような目つきでにらんできたので、サジュエは、ルイジに頭をたたかれたりするのではないかと思いました。

「ちがうぞ、サジュエ。本当の名前を知らねえやつの頭の中には、魔法の呪文は浮かんでこねえんだ。お前さんの頭に呪文が浮かんで、うまいへたは別にして、空を飛べたってことは、お前さんは〝朱の書〟の本当の名前を知ってるってことだ」

「でも、ぼく……知らないよ」

「覚えてねえんだな。たとえば、うんと小さいがきのころに聞かされたとか、何かに夢中になってる横でだれかが言ったのが、たまたま耳に入ったとか。思い通りに魔法が使えなかったのは、たぶん、本当の名前をちゃんと思い出してねえからだ。おもしれえ。よし、お前さんに〝朱の書〟の本当の名前を教えてやるのはやめだ。自分で思い出しな」

ルイジは、楽しそうに「きひひひひっ」と笑って、またグリフィン号を走らせ始めました。

「そうだ、本当の名前を思い出したときのために教えといてやる。慣れるまでは、頭に浮かんだ呪文は口に出して唱えるんだ。そうしてるうちに、だんだん本と自分がぴったりなじんでくるのがわかるはずだ」

ルイジにそう言われても返事をしないで、サジュエはぼうっとしていました。自分の頭の中に〝朱の書〟の本当の名前があるということに、驚いていたのです。〝朱の書〟のことは、おじいさんしか知らなかったのですから、サジュエに本当の名前を聞かせたのはおじいさん、ルアンティエのはずです。でもサジュエは、この夏まではルアンティエといっしょに暮らしたことはありませんでしたから、聞かされるような機会がそれほど多いはずはないのです。

もし、生まれて間もない赤ちゃんのときに〝朱の書〟の本当の名前を聞かされていたのだとしたら、サジュエが思い出せるはずはありません。でも、こんなにすぐルイジに「やっぱり本当の名前を教えてほしい」と頼むのも、サジュエはちょっとくやしい気がしました。

そのとき、後ろの座席に座っていたリンダが言いました。

「ねえ、さっきから同じところをぐるぐる回ってるように見えるけど……。来るとき、こんなところ通った？」

じつは、一番強く「何かおかしい」と感じていたのは、運転をしているルイジでした。来るときとちがう道筋を通れば、グリフィン号の機械が教えてくれるはずなのに、しばらく前から見覚えのない道筋を走っていても何の反応もないのです。見慣れた場所ではなく、しかも森の中を走っているのですから、ときには同じ所を回っているような気分になることもあるものです。それにしても、来るときに見た岩や川、大木などの目印のいくつかが、もう見えていなければいけないはずでした。

「だれかに見られてる」

リンダがつぶやきました。その声に、ルイジはグリフィン号の速度を落とし、周りに注意をはらいました。

サジュエも、だれかに見られているような気がしてきました。それは、グイファンの地下にあるユアン人の街で感じた気配とにているようで、どこか少しちがっていました。

不意に、ルイジはグリフィン号を止め、くやしそうにつぶやきました。

「うっかりしてた……。チュイ人だ。〝木霊使い《こだま》〟の結界に入っちまった」

ヘッドライトに照らされた樹々のかげから、ほっそりとした人たちが姿を現しました。その人たちは、グリフィン号の方にゆっくりと近づいてきました。

サジュエがルイジに聞きました。

「木霊使いって？　結界って何？」

ルイジが、またいらいらしながら、車の前にいる人たちをあごでさして答えました。

「あの連中が木霊使いだ。よそ者が入り込まないように、あいつらが魔法で立ち入り禁止にしておいた場所に、おれたちは入り込んじまったんだよ。……そうか、道に迷うはずだ。あいつらが森の形を変えてやがったんだ」

木霊使いたちは、グリフィン号のそばまで来ると、持っていた木の杖でコンコンと車をたたいて、出てこいという合図をしました。不安そうに、リンダが言いました。

「どうする？　出てこいって言ってるよ。チュイ人はおだやかな民族だから、ひどい目にあわされることはないと思うけど……」

「古い民族だから、頭が固くてくそまじめだ。急いでますから昼食は遠慮しますって言っても、帰してくれねえかもしれねえ」

ルイジが困ったようにそう言ったとき、車の中に呼びかける声がしました。どこか一方向から聞こえるというのではなく、すべての方向から同時に、まるで森全体がしゃべっているように聞こえる声でした。

「森の外から来た者たちよ、乗り物から出てきなさい。そなたたちは、わたしたちチュイ人の聖域に入ってしまったのだ」

木霊使いたちが話しているのは、少しなまりがあるものの、サジュエたちが話しているのと同じイーン語でした。タイファン大陸に住む少数民族には、独自の言語で話す人々も多くありますが、ほとんどのチュイ人は自分たちの住む地域の公用語を話すことができました。

イーン語やジュ語、キャイ語、シャー語などは、タイファン大陸の多くの国で話されている国際語で、先進国の人々の大半はそのうちの二つか三つを話すことができます。サジュエも、ディアンスン共和国の公用語であるイーン語以外にジュ語を話すことができました。

「仕方ねえ、出て行こう。最低限の物だけは持っていけよ」

ルイジはそう言ってグリフィン号のエンジンを切り、立ち上がりました。三人は、ポケットに入れて身につけられるだけの物を持って、車の外に出ました。

外で待っていたチュイ人たちは、背の高いルイジよりももっと背が高く、細い体型をしていました。赤銅色《しゃくどういろ》の肌をしていて、耳がネコのようにとがっていました。

ゆったりとしたズボンと、丈がひざまであるTシャツのような服は、緑を基調《きちょう》にした模様で彩られていて、彼らの民族衣装のようでした。そのほかに彼らは、森の中でも歩きやすいように作られたサンダルと、クルミのような木の実で作った首飾りと、薬草で編んだはちまきを着けていました。

森の樹々や生き物と心を通わせ、独特の魔法で森を操る者たち、それが木霊使いなのでした。

サジュエたちは、木霊使いたちにチュイ人の村まで連れられていきました。はるかな昔に、森の精霊《せいれい》と人間との間に生まれたと言われるチュイ人は、森とともに生きる昔からの生活を守っていました。チュイ人は、タイファン大陸の南側、熱帯や亜熱帯気候の地域にある森のほとんどすべてに住んでいて、森の中に村を作って暮らしているのでした。

　足元の悪い森の中を一〇分ほど歩いたころ、サジュエは大きな樹の根元にあるしげみに、何か青い物が落ちているのを見つけました。それは子どもがキャッチボールをするようなゴムのボールでした。サジュエは「こんな森の奥に、なぜこんなボールが落ちてるんだろう」と思いながら、上を見上げました。

「わあっ、あれ見て！」

　サジュエは思わず声をあげ、ルイジもリンダも驚いてサジュエの指差す樹の上を見上げました。大きな樹々の上には、丸太で作った家がいくつも建っていました。どの家もとてもていねいに造られていて、しかも樹にあまり負担がかからないように、また枝の形と調和するようにできていました。ここはもう、チュイ人の村の中だったのです。

　木霊使いにうながされて、三人はまた歩きだしました。サジュエは、青いボールをもとの場所に置いておきました。

　チュイ人の村の真ん中には樹の生《は》えていない開けた場所があり、地面に建てられた家がいくつもありました。その北側には小高い丘があり、村長の大きな家がありました。サジュエたちは、その家に連れていかれました。

　チュイ人の村長は、とても年老いた人でした。サジュエたちは、村長が座っている部屋に通されると、座るようにうながされました。村長は、なまりのきつい話し方で、サジュエたちに言いました。

「森の外から来られた方々よ、ようこそわれわれチュイ人の村へいりゃあたなも。わしは、この村の村長、デュナイじゃ。

　そなたたちは、われわれが守る聖域に入ってまったんだわ。われわれの聖域はなも、ふだんはただの森じゃが、満月の三日間、あるいは四日間だけ聖域になるんだわ。森が聖域に変わる前には、木霊使いんたあが結界《けっきゃあ》を張って、外におる人や動物が入れえせんようにしとるんじゃが、なぜかそなたたちは入ってまった。聖域になった森には、何者も出入りはできせんのだわ。これは何千年も前から決められとることだでよ、そなたたちも三日間はここから出られえせんでなも。旅の都合もおありじゃろうが、できるかぎりのもてなしはするでな、ひと休みと思ってこの村にとどまっていきゃあせ」

　デュナイがそこまで話すと、ルイジが上目づかいに村長の顔を見て、手を上げながら言いました。

「あのー、お言葉は大変ありがたいんでございますけどね、わたくしたちは重要な用件で道を急いでるんでございますですよ。人の命がかかって……、いや、タイファン大陸全体の運命がかかっておりますよ大切な用件なんでございますよ。なんとか、この森から出させていただけませんですかねえ……」

デュナイはにっこり笑うと、きっぱりと言いました。

「だめじゃ。そなたの言わっせることもわかるけどなも、これも世界《せきゃあ》の成り立ちにかかわる重要なことなんだわ。

そなたたちには、来客用の一番ええ家を使ってまうで。料理でも風呂でも、できるかぎりそなたたちの望むようにさせるでなも、どうか聞き分けたってちょうせ。

満月の三日間は、聖域の出現を祝うたげを催《もよお》すでなも、そちらにも出席したってちょうせ。用事があれば、なんでもこのハンジエに言いつけてくれればええでなも」

デュナイの指した方には、ひとりの木霊使いが立っていて、「こちらへどうぞ」というように手を上げていました。

三人は、抗議をあきらめて、仕方なくハンジエについていきました。来客用の家はたしかに立派な家で、遠くからもよく見える、見晴らしのいい場所にありました。

「サジュエ、なにニヤニヤ笑ってんだよ」

ルイジに言われて、サジュエは自分が歩きながら笑っていることに気づきました。

「なんだかわくわくするんだ。なぜなんだろう……」

「人間の遠い祖先のサルは、森に住んでたっていうからな。この森は、お前さんの祖先のふるさとなんじゃねえのか?」

ルイジがそう言って笑うと、ハンジエがぽつりと言いました。

「それは、この森が聖域になっているからですよ。今、この森には、とても大きな力が集まっているのです。それが、あなたの気持ちをたかぶらせているのでしょう」

「聖域っていうのは、どういうものなんですか?」

リンダが聞くと、ハンジエは少し考えてから答えました。

「わたしたちチュイ人の神話では、この世界は七つの聖なる力でできていると言われています。その力は、この目に見える世界を裏側から作っているものなので、その力自体はわたしたちには見えません。でも、七つの力のなかのひとつ、〝ショウの力〟だけが、それも満月が中天《ちゅうてん》に昇ったときにだけ見ることができるのです。〝ショウの力〟の集まる場所がこの森であり、この森に〝ショウの力〟が集まると、ここは聖域になるのです」

「ということは、その〝ショウの力〟ってのは満月と関係があるのか? こんなに空が曇ってても、見えるのか?」

ルイジが聞くと、ハンジエはうなずきました。

「見えます。雲が月を覆っていても、それは地上の人間から見たことであって、満月であることに変わりはありませんから。今夜から三日間は、あなたがたもご覧になることができますよ。わたしたちは、その様子を〝ショウの交わり〟と呼んでいます。満月の夜にだけ、天と地との間ですべての力が交わり、世界が深呼吸をするのです」

「七つの力って言ったよな。〝ショウの力〟以外にも、六つの力があるってことだろ。ほかの力にも名前がついてんのか？」

ルイジがそう聞くと、ハンジエは先の方にある広場を指差して言いました。

「もし興味がおありなら、七つの聖なる力についてお話ししますよ。少しあそこで休みませんか」

ルイジが、とても話してほしそうにうなずいたので、サジュエとリンダもハンジエに説明してもらうことにしました。

広場には丸太でできたテーブルやいすが置いてあり、子どもたちが遊べるような遊具も置いてあって、ちょっとした公園といった感じでした。広場のとなりには、飲み物などを売っている小さな店もありました。仕事の合間に広場へ休憩しにきていた女の人たちが、よそから来たサジュエたちを物珍しそうに見ていました。

ハンジエは、広場のとなりの店からよく冷えた果物のジュースを買ってきて、サジュエたちにすすめました。自分も果物のジュースを飲みながら、ハンジエはチュイ人の七つの聖なる力について話し始めました。

「わたしたちチュイ人の神話には、ショウという神さまが出てきます。さっき言いました〝ショウの力〟は、この神さまが司《つかさど》っている力です。ショウ神は、七つのまったく別な神々として次々と姿を変えて化身《けしん》をくり返していき、なおかつこの七柱《ななはしら》の神々はいつも同時に存在します」

「え？　どういうことか、よくわかんないけど……」

リンダが考え込みながら聞くと、ハンジエは笑って答えました。

「まあ、神話ですからね、論理的につじつまが合わないところはいくらでもありますよ。あまり考え過ぎないで聞いていてください」

ハンジエは、木の枝で地面に円を描き、神々に見立てた七個の小石を、同じ間隔で円の上に置きながら説明を続けました。

「ショウ神は、チャン、シエーン、フイ、ショウ、リウ、スオー、ジエという順序で姿を変えていきます。これは、月の満ち欠けと同じ周期でくり返されるものです。満月のときがショウ神のときなので、だから満月になると〝ショウの力〟が見えるのだと言われています。

チャン神が司るのは〝生まれる力〟で、この力はわたしたちも含めた生き物の命に宿っています。シエーン神が司るのは〝育つ力〟で、風に宿ります。同じように、フイ神は水に宿る〝廻《まわ》る力〟、ショウ神は強く成熟した〝交わる力〟、リウ神は大地に宿る〝とどまる力〟、スオー神は時間に宿る〝縮む力〟、ジエ神が火に宿る〝解体する力〟を、それぞれ司っています。ジエ神の力は、再生を導くための破壊の力なので、再びチャン神として生まれ変わるんです」

「神話というより、哲学に近いもんがあるな。すげえな、よくできてる」

ルイジが、しきりに感心していました。

サジュエはその話を聞いて、また心がわくわくしてきました。早く、世界が呼吸するのを見てみたいと思うと、まるで地面から大地の鼓動《こどう》が感じられるような気にさえなってきました。

ハンジエは、三人を来客用の家まで案内して言いました。

「ここが、あなたがたにお使いいただく家です。ご自由になさってください。日が沈むころからうたげが始まりますので、お迎えにまいります。ただし、女の方とお子さんは、うたげの間は家から出てはいけない決まりになっていますので、ご承知ください」

これを聞いて、サジュエとリンダは猛然と抗議しました。特にリンダは〝時代遅れの女性差別〟だといって、ハンジエにつかみかかりそうな勢いでしたが、ハンジエがすまなそうに「決まりなのです」といって何度もあやまるので、仕方なくあきらめました。

チュイ人のように、昔ながらの暮らしを守っている人々の社会には、こうした不合理にも見える風習が残っているものなのです。でも、このような古い風習が、その社会にとっては重要な意味を持っていることが多いのです。

ハンジエは、「家の中からでも、〝ショウの力〟はよく見えますから」と言って、また何度もリンダにあやまりながら帰っていきました。

チュイ人が造る家は、木を組み合わせてログハウスのように造られていて、風通しがよく、暑い南の森の中でもとても快適に過ごせるようにできていました。サジュエたちが使う来客用の家は三階建てで、主に見晴らしのいい三階で過ごすように考えて造られていました。一番大きな部屋のテーブルの上には、たくさんの果物やお菓子が置いてあって、大きなベランダからは、村の開けた場所だけでなく、はるか遠くの森まで見ることができました。

このチュイ人の村の開けた場所は、巨大なスープ皿のような地形の底の部分になっていて、ちょうどスープ皿の真ん中あたりには、カスタードプリンのような形をした山がありました。その山の頂上はつるんと平らになっていて、樹も草も生えていませんでした。

サジュエたちは村の中を見て回り、村の人たちといろいろ話をしたりして過ごしました。やがて夕方になると、どこからかボンボンという太鼓の音が聞こえてきました。

三人が家にもどってくると、ハンジエが家の前で待っていました。

ハンジエはまた、すまなそうに何度もリンダに頭を下げて、ルイジを連れて行きました。リンダは、もう少しも怒ってはいなかったのですが、わざと不機嫌そうな顔をしてルイジたちを見送りました。ほとんど顔が見分けられなくなるくらい遠くに行くまで、ハンジエが何度も何度も頭を下げ続けているのを見て、リンダはとうとう我慢できなくなって大笑いしました。

サジュエとリンダが家の中に入って三階に上がると、とても豪華な夕食が用意されていました。チュイ人の料理は、自然の材料をていねいに、とてもおいしく調理したものでした。サジュエとリンダの意見は、「チュイ人は〝原始的で野蛮《やばん》な未開の民族〟なんかじゃない」ということで一致しました。それは、昼間、村の中を歩いたときに、村人たちが三人を温かく受け入れてくれたことからもよくわかりました。気が遠くなるほどの昔から、ほとんど変わらない生活を守り続けてきたチュイ人たちは、とても豊かな文化を持っていたのです。

食事を終えて、サジュエとリンダはベランダに出ました。まだ空気に蒸し暑さは残っていましたが、夜風がとてもすずしく感じられました。あたりはすっかり暗くなっていて、村のあちこちにたいまつの明かりが灯《とも》り、村の真ん中の方向からは、まだ太鼓の音が低く響いていました。

リンダは、ベランダの手すりに寄りかかると、たいまつの光を見ながら言いました。

「〝ショウの力〟、見えるかなあ……」

サジュエも、リンダのとなりで手すりに寄りかかって言いました。

「満月が中天に昇るときに見えるって、ハンジエさんが言ってたから、一〇時か一一時ごろになるんじゃない？」

リンダの髪が夜風にゆれていました。顔にかかる前髪をはらいながら、リンダはサジュエに聞きました。

「ねえサジュエ、あんた家族は？」

サジュエは、少し考えてからぽつりと答えました。

「お父さんとお母さんと三人で暮らしてる。でも、ふたりとも仕事が忙しくて、夜中まで仕事があることや、日曜日に仕事があることも多いから、三人そろうことはめったにないんだ」

「お父さんとお母さん、何の仕事をしてるの？」

「魔導師。国の防衛機関で働いてる」

「あんた、どこの国に住んでるんだっけ」

「ディアンスン共和国。北の方」

「えっ。じゃあ、あんたの両親ってディアンスン国防省の魔導官なの？　すごいエリート魔導師じゃない。タイファン大陸最高の水準だよ、ディアンスン共和国の魔導官って。あんたって、最高の血統だね。おじいさんは歴史に残る〝大賢者《けんじゃ》ルアンティエ〟だし、両親は超エリートだし」

「でも、ぼくは魔法、全然だめなんだ」

サジュエが、またぽつりと言うのを聞いて、リンダは心の中で「しまった！」と思いました。家族がみんな優れた魔導師で、サジュエだけ魔法が苦手だということは、サジュエが一番話したくない話題だと気づいたのです。変になぐさめたりすると、かえってサジュエを傷つけてしまうと思ったリンダは、少し間を置いて、話題を変えました。

「ルイジもわたしも、家族がいないの。わたしは、生まれてすぐに捨てられて、児童福祉施設っていうところで育ったの。そこでは、わたしと同じように家族がいない子どもや、親といっしょに暮らせない子どもがたくさん育てられてた。まあ、家族っていえばその子たちが家族みたいなもんだったかな。

ルイジはね、九歳のときにわたしのいた施設に来たの。たったひとりの家族だった、おじいさんを殺されて。言ってたでしょ、あの邪導師に殺されたの。ルイジのおじいさんは、若いころにあの邪導師に〝玄の書〟を奪われて、それからずっと取り返そうとしてたんだって。でも、最後には……。

ルイジはおじいさんに、小さいころから魔具工《まぐこう》の技術を教えられてたみたい。ルイジのお父さんやお母さんのことは、おじいさんに聞いても教えてくれなかったらしいんだけどね。

ルイジは、施設でも学校でもほとんど友達と遊ばないで、いつもすみっこで本を読んだりしてる子だった。誘われればみんなと遊ぶんだけど、いつのまにか、またすみっこで本を読んでるの。そうそう、みんなでかくれんぼをしたことがあったの。ルイジが鬼になったときにね、いつまでたっても探しに来ないから、おかしいなあって思って出てったら、あの子、グラウンドのすみっこで本を読んでたんだよ。

ルイジもわたしも、魔法の授業だけは得意だったから、一二歳になったとき、いっしょに施設を出て全寮制の学校に入学したの。ジュニア・ウイザーズ・カレッジっていう、国際魔導師機構が運営してる、魔導師を育てるための学校。あんた、全寮制ってわかる？　生徒がみんないっしょに寮で生活して、学校に通うの。その学校でも、ルイジはいつも本ばっかり読んでた。

あいつ、なんだか変にひねくれててさ、人の言うことをそのまま信用するのがいやみたいでさ、頭では納得してても『ふん、正解っぽいな』なんて言ったりしてたの。それがすごくえらそうだったから、クラスメイトからは〝はかせ〟とか〝ドクター・ルイジ〟とか呼ばれてた。

ねえサジュエ、あのころのルイジはねえ、髪をサラッと七三に分けて、眼鏡《めがね》なんかかけてたんだよ。想像できる？」

　ふたりは大きな声で笑いました。リンダの方が、先に笑いがおさまって、また話を続けました。サジュエは、おなかが苦しくなって涙が出るくらい笑い転げました。リンダの方が、先に笑いがおさまって、また話を続けました。

「ジュニア・ウイザーズ・カレッジは、卒業試験に合格すると魔導師の資格がもらえる学校なの。だから、わたしもルイジも魔導師の資格は持ってるんだけど、ルイジはいつも自分のこと魔具工だって言うの。まあ、魔導師としてはパッとしないってこともあるんだけど、やっぱり大好きだったおじいさんの職業だからあとを継ぎたいって思ってるんだろうね。

　ルイジはね、施設から学校に通ってたときも、ジュニア・ウイザーズ・カレッジに行ってたときも、ずっとひとりで魔具工になるための勉強をしてたの。魔法の実技はあんまりうまくなかったけど、魔法の理論や歴史の知識は、ジュニア・ウイザーズ・カレッジの先生もびっくりするくらい、すごかったんだよ。

　でも、ルイジは、頭はいいけど運動神経は鈍いの。服なんかの形にして身につけてるルイで、かなり運動能力を補《おぎな》ってるんだよ。わたしも同じ。わたし、魔法以外はからっきしだめ。頭も悪いし鈍いし不器用だし……。サジュエとわたし、ちょうど反対だね」

リンダがそう言って笑うと、サジュエはあわてて言いました。

「そんなこと、ないよ。リンダはやさしいし……」

「普通だよ」

「料理だってうまいし……」

「あんなの、半分以上魔法だよ」

「……それに、……きれいだし……」

サジュエが顔を真っ赤にしながら困ったようにそう言うと、リンダはまた大笑いしました。サジュエは、ますます困ってしまいましたが、リンダにつられて笑い出しました。

「ありがとう、リンダ。ぼくに気をつかってくれたんだね。自分でも、魔法が苦手だってことなんか、たいした悩みじゃないって頭ではわかってるんだ。でも……」

「いいの、いいの。だれにだって、悩みのひとつやふたつあるんだよ。まして、あんたはこれからいろんな悩みを乗り越えて大人になってく年齢じゃないの。あわてなくても、そのうち答えは見つかるよ。だから、わたしはあんたをなぐさめたりしない。でも、相談にのるくらいは、できると思うんだけど……」

サジュエは、にっこり笑ってうなずきました。そのとき、ずっと聞こえていた太鼓の音のリズムが変わりました。サジュエは、森に集まっている力が急速に変化するのを感じて、全身にざわっと鳥肌が立ちました。

「リンダ、まるで森が立ち上がろうとしてるみたいだよ！」

サジュエがそう言ったとたん、カスタードプリンの形をした山の頂上が、ぼうっと明るくなりました。太鼓のリズムがひときわ強く速くなって、ぴたりとやみました。

いつのまにか、森の闇の中から聞こえていた虫や動物の声もやんでいました。

光っている山の頂上から、空に向けて光の柱が昇っていきました。光の柱は厚い雲を突き抜け、真ん丸な月の光とつながりました。その光は、ゆっくりとしたリズムで明滅《めいめつ》をくり返し、本当に天空と大地とが呼吸しているように見えました。光の柱を中心に、何かの力が森に広がっていきました。森の樹々や、森に住む生き物や人間にも、その力が染みわたってくるのがよくわかりました。サジュエが、おじいさんの畑で作物を見ているときに気づいた感じによくにていましたが、もっとずっと強いものでした。

三〇分くらいの間、天空と大地を結んだ光の柱はゆっくりと呼吸を続け、やがて少しずつうすれて見えなくなっていきました。

リンダが、うっとりとして「きれい……」とだけ言いました。感動がおさまってきて、ようやくそれだけ言えるようになったという感じでした。

また、太鼓の音が聞こえてきました。森の生き物の声ももどってきました。すべてが元にもどり、何もなかったかのようでした。少しすると、ルイジが真っ赤な顔をして帰ってきました。チュイ人たちの強いお酒でもてなされて酔っ払い、まっすぐに歩けないほど足元がふらふらになっていました。

「お前らも見たか？　すごかったなあ、おい。明日とあさっての晩にも見られるんだってよ。真ん中の夜が一番すげえって言ってたから、明日のは見逃せねえぞ。なんなんだろうなあ、あのすげえエネルギーは……」

サジュエたちに話しているのか、ひとりごとなのかわからないことを大きな声でしゃべりながら、ルイジは寝室のベッドに倒れ込んで、すぐにいびきをかいて眠ってしまいました。サジュエとリンダは、ルイジのいびきがうるさいので、一階の寝室で眠ることにしました。

次の日、ルイジは二日酔《ふつかよ》いで頭が痛くて、昼になるまで起きられませんでした。でも、昼前にハンジエが持ってきてくれた薬草のスープを飲んだおかげで、午後からは普通に過ごせるようになりました。

ルイジとハンジエは、夜のうたげのときに仲良くなったらしく、敬語で話していたハンジエが、いつのまにか対等な話し方をするようになっていました。

二日酔いが治ったルイジは、チュイ人の森を出てから国際魔導師機構の本部に行き、〝白の書〟を盗み出す計画を考えたいからと言って、ひとりで部屋の中にこもっていました。

サジュエとリンダは、ハンジエに案内してもらって、また村の中を歩いて回りました。ふたりは、このとき初めて、チュイ人の村には空中にも通路があることを知りました。樹々の上に建てられた家を結んで、つり橋の通路が網《あみ》の目のように森の中を通っていたのです。地面の上よりも、むしろ空中通路の方が人通りが多く、どうやらルイジたちが正式に客として認められたので、この通路を通ってもいいことになったようでした。

この日、サジュエとリンダは、畑や小川や樹の上で村の人たちの作業を手伝ったり、お茶をごちそうになったりして過ごしました。

夕方になると、ハンジエはサジュエとリンダを家に送り、またルイジをうたげに連れていきました。冗談《じょうだん》を言い合いながら歩いていくふたりを見送り、サジュエとリンダは家に入りました。

三階の部屋には、きのうとはちがう料理が並べられていました。二日目の料理もおいしく調理され、サジュエとリンダはまたおなかいっぱい食べてベランダに出ました。

サジュエは、ぼんやりと〝朱の書〟の本当の名前のことを考えていました。自分は、なぜ〝朱の書〟の本当の名前を知っているのか、そして、なぜ思い出せないのか。おじいさんから本当の名前を教えられている場面を思い出そうとしてもみましたが、その様子をいろいろと想像することはできても、本当の名前を思い出すことはできませんでした。

「なに考えてるの？」

　リンダが話しかけてきました。

「……〝朱の書〟の、本当の名前のこと」

　そう言って、ぼそりと答えたサジュエの頭を、リンダは帽子の上から乱暴にぐしゃぐしゃとかき回しました。

「どうだ、思い出せない名前は思い出せたか？　村の真ん中じゃ、宴会《えんかい》で盛り上がってるってのに、そんな思いつめた顔してたら〝ショウの力〟に失礼だよ」

　そう言って笑いながら、リンダはサジュエの頭を抱え込みました。サジュエのほおに、リンダのやわらかい胸が押しつけられました。サジュエは真っ赤になって抵抗し、やっと解放されました。

　リンダには、人を楽しい気分にさせてしまう、すばらしい力があるとサジュエは思いました。サジュエが初めて〝盗み屋〟のふたりに会って、ルイジとけんかをしそうになったときもそうでした。いつもリンダは、人の怒りや悲しみ、悩みなどのマイナスの気分を、まるで魔法のようにいつのまにか消してしまうのです。それは魔法ではないけれど、魔法よりもずっとすごい力のような気がしました。

そのとき、村の真ん中の方から聞こえていた太鼓のリズムが変わりました。サジュエは、全身が震えるほどの強い感覚を覚えました。一日目に感じたよりもはるかに強い力が、森に集まりつつありました。

また、カスタードプリンの形をした山の頂上が明るくなってきました。まるで地面から鼓動が聞こえてきそうなほどに、森の樹々や空気に力が満ち、光はどんどん強くなっていきました。

やがて、山頂の光が満月に向かって昇り始めると、突然、雲を切り裂いて何本も稲妻が走り、聖なる力の輝きにからみついていきました。すると、森に満ちていた力がいきなり、まるで留め金がはずれたように暴走を始め、チュイ人の村は嵐に襲われたようになりました。

樹々は大きく揺さぶられ、小さな家や小屋は壊れ、家の外に置いてあった農機具などがめちゃくちゃに飛ばされていました。うたげに出ていた村の男たちは、あわてて近くの丈夫な家にばらばらと逃げ込みました。

嵐の中心では、〝ショウの力〟の光が雲の中にどんどん吸い込まれ、月の光とひとつになれずに散っていくようでした。

サジュエが帽子を押さえながらその様子を見ていると、ルイジが何かどなりながら走ってくるのが見えました。サジュエはリンダを誘い、ルイジを迎えるために一階へ降りていきました。ふたりの後ろで、何かがベランダに飛んできてガンという大きな音を立てました。

「何かがちがってる。何か、異常なことが起きてるんだ。こんなのが、本当の〝ショウの力〟の二日目の夜であるはずがない！」

階段を降りながらサジュエがそうさけぶと、リンダもうなずきました。

ルイジは、家に駆け込んでくるなり、どなりました。ルイジは、うたげで出された干し肉をひと切れ、口にくわえていました。

「〝ショウの力〟が盗まれてる！　リンダ、雲に吸い込まれたエネルギーは、どの方角に流れていってる？」

リンダは、すぐに目を閉じて呪文を唱えました。魔法でエネルギーの流れを探ると、リンダは言いました。

「北に、だいたい北北西の方角に流れてる」

「北って言ったら、大帝陛下のやろうか。バオファンのやろうが、〝ショウの力〟を盗んでやがるのか！」

そう言って、ルイジがくやしそうに干し肉をがりがりかじっていると、サジュエが聞きました。

「ねえ兄貴《あにき》、あの力が盗まれるのを止めることはできないの？」

「だめだ。なにしろ力がけたはずれだ。でかすぎる」

ルイジはそう言うと、また不機嫌な顔をして干し肉をがりがりかじりました。

「おい、村を出よう！」

いきなりルイジが言いました。この機会をのがしたら、三日間どころか何か月も村にいなくてはならなくなると思ったのです。一番大切な〝ショウの力〟の二日目の夜に、こんな恐ろしいことが起こったのですから、チュイ人たちは「聖域に入り込んだよそ者が、わざわいをもたらした」と考えるかもしれません。そうなれば、サジュエたちは無罪であることを証明できるまで村から出られなくなってしまうでしょう。

三人は、できるだけ目立たないように、そして嵐の影響が少ない場所を選んでグリフィン号の方に走りました。サジュエは、風に乗って飛んでくる木の葉《こは》が不自然に多いことに気がつきました。〝ショウの力〟を盗まれたことで、森の樹々が生気《せいき》を失い、急速に枯《か》れ始めているようでした。ばらばらと降り落ちてくる木の葉の中を走りながら、サジュエは胸が締めつけられるような気がしました。

大きな樹の枝が飛んできて、サジュエたちのすぐ後ろで樹にぶつかりました。古い大きな樹が、枯れ始めてめきめきと音をたてていました。

突然、リンダが手のひらから魔法の炎を撃ち出しました。嵐で壊れた樹の上の通路が、恐ろしい勢いで落ちてきていました。それが、リンダの魔法の炎で焼かれ、燃えながらばらばらにくだけ散りました。

落ちてきそうになっているのは、樹の上に作られた通路だけではありませんでした。多くの樹が、生気を失ってチュイ人の家を支えきれなくなっていました。チュイ人の男たちは懸命に、家に残っていた女の人や子どもたちを、丈夫な地上の家に避難させようとしていました。それでも、何人もの人が、嵐に飛ばされたり、落ちてくる家などの下敷きになったりしてけがを負い、命を落としました。

サジュエたちはなかなか前に進むことができず、遠回りをして、それでもだれにも見つからずに、グリフィン号のところへやって来ました。車の前には、ハンジエが立っていました。ハンジエは、三人がここへ来ることを予想して先回りしていたのです。

ハンジエは、三人に言いました。

「行かないでくれ。〝ショウの力〟の二日目の夜が、こんなことになってしまったんだ。君たちがだまって姿を消してしまったら、木霊使いの長老たちは君たちを犯人だと決めつけてしまうにちがいない。わたしが長老たちを説得するから、もう少し待っていてくれ」

「おれたちが犯人じゃねえっていう証拠がない。おれたちには、木霊使いの裁判を受けてる時間はねえんだよ。ハンジエ、チュイ人の〝ショウの力〟を盗んでったのは、まずまちがいなくあのバオファンのやろうなんだ。頼む、行かせてくれ！」

ルイジは、ハンジエの眼をまっすぐ見つめてそう言いました。ハンジエとルイジは、互いに眼を見つめ合ったまま、しばらく動きませんでした。木の葉や枝がばらばらと落ちてくる方を見上げ、もう一度ルイジの眼を見つめてハンジエが言いました。

「君たちは〝盗み屋〟だと言っていたな。ルイジ、わたしたちの、チュイ人の〝ジョウの力〟を盗み返してくれないか？」

ルイジが、ニッと笑って言いました。

「代金は、盗み返してからの交渉ってことにするけど、ばか高い代金をふっかける予定だぞ、いいのか？」

ハンジエは、ルイジの肩をパンとたたき、固く握手をしながら言いました。

「行ってくれ、急いで。結界は消えてしまっているはずだ。たぶん、君たちは犯人にされてしまうだろうが、わたしはできるだけ弁護しておく」

そう言うと、ハンジエは低い声で呪文を唱えました。すると、水に映った姿がゆれるように、森の樹々が音もなく動き、グリフィン号の前に道ができました。

三人は急いでグリフィン号に乗り込み、出発しました。サジュエが窓から顔を出して手をふると、ハンジエの「彼らに森の加護《かご》がありますように」という声が聞こえました。ハンジエが作ってくれた道は、まっすぐ南に伸びていました。グリフィン号は、三時間ほどで森を抜けて海岸に出ました。

「西に向かうぞ」

何かをにらみつけるような恐い顔でハンドルを握りながら、ルイジが言いました。

七・ユアン人の侵攻《しんこう》

　ユアン人の長老たちが集まっているなか、チェンジンはうなだれて立っていました。もう、真夜中を過ぎていました。長老たちは、グイファンの地下の街で二日前に起きた大虐殺《だいぎゃくさつ》について話し合っているのでした。

　何十人ものユアン人がディ族の姿に変えられ、殺されたこと。殺してしまったのが、知らなかったとはいえユアン人のジャオカンであること。そして、そのジャオカンが邪導師《じゃどうし》に捕えられてしまったこと。長老たちは、しきりに〝ユアン人の誇りが踏みにじられたこと〟について語り、えんえんと議論をくり返していました。

　チェンジンは、グイファンの地下の街でサジュエと別れたあと、ディ族たちを倒すと、国際魔導師《まどうし》機構の本部があるジアンミン共和国の方角を目指し、ユアン人の地下通路を走りました。自分とジャオカンの家族や友達がどうなったのか、ディ族に変えられて死んでしまったのか、チェンジンは恐ろしくてたしかめることができませんでした。おなかに子どもを宿した自分の妻が、もし死んでしまっていたら、チェンジンは悲しみで動けなくなっていたでしょう。自分を駆《か》り立てて力いっぱい走ることで、チェンジンはそのことを考えないようにしていました。

ほとんど丸一日、自動車に乗っても大変なほどの距離を走り続け、くたくたになってユアン人の小さな地下の街に立ち寄ったチェンジンを、一機の飛行機が待っていました。

地下の街の上に広がる乾いた草原から飛び立った小型飛行機の中で、チェンジンは、邪導師が大帝を名乗ってタイファン大陸の支配を宣言したことと、自分の妻が死んではいなかったことを聞かされました。でも、チェンジンの妻は大けがをしていて、妊娠中なので薬を飲むこともできずに、とても苦しんでいました。

太陽が沈み、邪導師の魔法の雲で覆われた空が暗くなったころ、チェンジンを乗せた飛行機は小さな空港に着陸しました。チェンジンは、飛行機を降りると空港の近くにある地下の街へ連れて行かれ、街の中心にある集会施設に案内されました。集会施設には、大虐殺の報告を受けたユアン人の長老たちが集まっていました。

長老たちは、チェンジンをいっしょに座らせて真夜中過ぎまで議論を続け、〝ユアン人の手で邪導師を倒し、誇りを取りもどすべし〟という結論を出しました。

「ユアン人だけの力では、邪導師を倒すことなどできるはずがありません。国際魔導師機構と連絡をとり、タイファン大陸全体の魔導師たちと協力して戦いましょう」

チェンジンは、何度もうったえましたが、長老たちは「それではユアン人の誇りを取りもどすことはできない」と、取りあってくれませんでした。

大虐殺の当事者であるチェンジンは、ユアン人の誇りをけがされた責任をとるために、ユアン人戦士の軍を率いて邪導師の城に攻め込む指揮官に任命されました。すでに、三〇〇人以上のユアン人戦士が、タイファン大陸全体から集まっていました。

夜空を分厚く覆った雲のすき間から、ときおり満月の光がかすかに見えました。チェンジンは地上に出て、岩の上に座って考え込んでいました。そこはタイファン大陸中西部、ランス地方の西にあたる乾燥地帯でした。国際魔導師機構の本部があるジアンミン共和国は、その北西にあり、一〇〇キロと離れていませんでした。それだけに、国際魔導師機構に連絡をとることを禁じられたことが、チェンジンにはくやしくてなりませんでした。

背後に人の気配を感じて、チェンジンはふり返りました。そこには、ユアン人にしては大柄《おおがら》で、がっしりとした体格の男が立っていました。男は髪を短く刈りそろえ、グレーのシャツを着てカーキ色のズボンをはいていました。それは、ユアン人戦士のひとりで、チェンジンとは子どものころから親しかった、ヤオシェンでした。

「眠らないのか。丸一日、走ったそうじゃないか。体を休めた方がいい」

ヤオシェンは、チェンジンに声をかけました。チェンジンは、しばらくだまっていましたが、少しかすれた声で言いました。

「眠れないんだ。ぼくは、どうすればいいのか、わからない」

ヤオシェンは、チェンジンのとなりに腰かけると、肩をたたきながら言いました。

「心配することはない。〝お祭り男〟なんて言うやつもいるけど、君は細かい心配りもできるし、冷静な判断力もある。立派に指揮官はつとまるよ」

「そうじゃないんだ。ぼくは、勝てるはずのない戦いに仲間を送り出さなきゃならないことに、どうしていいかわからなくなってしまったんだ」

「勝てるはずのない戦い？」

ヤオシェンがそう聞いたので、チェンジンは顔を上げて、となりに座っている友人の眼をのぞき込みました。

「どういう戦いなのか、聞いてないのか？」

「あの邪導師の城へ向かうとは聞いているが……。タイファン大陸全体の戦力を集めた戦いにユアン人も参加して、一気に攻め込むんじゃないのか？」

それを聞いて、チェンジンはだんだん腹が立ってきました。長老たちは、三〇〇人もの戦士を集めておきながら、きちんと状況を説明していなかったのです。長老たちは邪導師の恐ろしさを本当にわかっていなくて、ユアン人だけで勝てると本気で信じているのです。

チェンジンは、グイファンの地下の街で起きた大虐殺のことからすべてを話し、長老たちが〝ユアン人だけで、邪導師を倒せ〟という決定を下したことを説明しました。

チェンジンの言葉に、ヤオシェンは思わず大声をあげました。

「なんだって？　君は、そんなむちゃなことに、なぜ反対しなかったんだ！」

「したよ、何回もね。でも、だめだったんだ。長老たちは、あの邪導師の恐ろしさをまったくわかってないんだよ」

「そんな決定なんか、無視したらいいじゃないか」

「それも考えたんだけど、やっぱりだめだ。こんな重大な問題で長老の決定を無視したら、ユアン人の社会そのものが成り立たなくなってしまう。長老たちによる最終決定は、司祭さまがいなくなってから何百年もの間、ユアン人の社会を支えてきたルールなんだから。

でも、だからといって、勝てないとわかっている戦いもできない。ぼくはもう、これ以上ユアン人の血を流したくない。いや、ユアン人だけじゃない、罪《つみ》のない人たちが苦しむのをこれ以上見たくないんだ」

チェンジンはそう言うと、頭をガリガリかきながら、またうつむいてしまいました。

ヤオシェンがぼそりと言いました。

「長老たちには、何か勝算があるんじゃないだろうか」

チェンジンが、また顔を上げて言いました。

「長老たちの勝算ってのは、だいたいこんな感じだ。ぼくらがどっと攻めていって、『われらユアン人は、民族の誇りを守るために参上した。邪導師よ、その命で悪行《あくぎょう》の罪をつぐなうがよい！』かなんか宣言して、わあっと討《う》ち取る」

「なんだ、そりゃ。何世紀前の戦争だ？　今は、伝染病の病原菌を兵器として配備してる国だってあるっていうのに……」

「まったくだ。相手は大陸を支配するなんて宣言したばかりの邪導師だっていうのに、そんな戦いをしかけてへたに刺激したりしたら、タイファン大陸がどんなことになってしまうか想像もできない」

ヤオシエンは、とうとう何も言えなくなってしまいました。そのとき、チェンジンがすっと立ち上がって言いました。

「でも、君と話したらすっきりした。うじうじ悩むなんてぼくの性《しょう》に合わないからな、動きながら考えることにするよ。ヤオシエン、ぼくの参謀《さんぼう》役になってくれないか。君がそばにいてくれると、心強いと思うんだ」

ヤオシエンは、にっと笑いながら立ち上がり、「おれなんかでよければ」と言ってチェンジンと握手をしました。チェンジンは、かすかに夜明けの光がにじみ始めた東の空に目をやりながら言いました。

「夜が明けたら出発しよう。乗り物は用意してあるのかな」

「全員が乗れるだけのバスがあるそうだ」

ヤオシェンが答えると、チェンジンはくっくっと笑って言いました。

「バスね。長老たちはきっと馬かなんかを想像してるから、『ハイキングにでも行くつもりか』とか言って、がっかりするだろうな。

それなら、ちょうどいい。全員をバスごとで分隊に分けて、それぞれ分隊長と副隊長を決めておこう。軍隊っぽくて長老たちの気に入るだろうし、何か連絡することがあるときに便利だ」

ヤオシェンが「まかせてくれ、やっておく」と答えると、チェンジンは何か思いついたように言いました。

「……魔導師の資格を持っている戦士。なあ、ヤオシェン、魔法がうまくて抜け目のない、お互いにチームワークがとれる優秀な魔導師を……、そうだな、七人、ひとつめの分隊にまとめて入れておいてくれないか」

ヤオシェンは、だまってうなずきました。

「それから、ここで話したことは、みんなには秘密にしておいてくれよ。きっと全員が、さっきの君みたいに質問を浴びせかけてきて、いつまでたっても出発できないからな」

ヤオシェンが「わかった」と言うと、チェンジンはすまなそうに付け加えました。

「秘密と言えば、ぼくは今回のことで、君にも言えない秘密をまだかくしてるんだ」

その秘密とは、〝四神経《ししんきょう》〟のことでした。クァンホンのところで魔法の勉強をしていたユアン人のなかでも、〝四神経〟のことを知っている者はわずかだったのです。ましてて、専門的に魔法の勉強をしていないヤオシェンは、そんなものがこの世に存在することさえ知りませんでした。チェンジンは、〝朱《あか》の書〟を持っていた少年サジュエのことなど、〝四神経〟に関係のあることは注意深くかくして、長老たちにも話していませんでした。

「そうやって、話せないということを話してくれるから、君は信頼できるんだ。君が話せないと思うなら、話さなくてもいい。寝言《ねごと》でぽろっと言うのを、聞き逃さないようにするさ」

そう言って、ヤオシェンは笑いながらチェンジンの背中をぽんとたたきました。

夜の間に冷え込んでいた乾燥地域の空気が少しずつ動きはじめ、空が明るくなってきていました。

チェンジンが率いるユアン人戦士の部隊は、六台のバスに分乗し、ジフェン地方を目指して出発しました。ジフェン地方の南部にはユアン人の地下の街があり、そこまでは地下の通路を通って移動することができました。地下の通路ではかなりの速さで走ることができるので、何回か休憩を入れても夕方までにはその街に着けるはずでした。

昼前に立ち寄った地下の街で、チェンジンは昼食をとるために休憩することにしました。その街にはもうだれも住んでいる様子がなく、壊されたり焼かれたりした建物が目立ち、以前にディ族に襲われたらしい様子が見てとれました。チェンジンは戦士たちに、一二時半に出発することとディ族の襲撃に備えておくことを注意し、休憩の指示を出しました。

チェンジンは、ヤオシェンとふたりだけで昼食をとりながら、話をすることにしました。ふたりが腰かけたのは大きな庭石で、大きな家の広い庭の真ん中あたりに置かれていました。この庭の真上には、地上に通じる大きな窓があって空からの光がとり入れられるようになっていました。それで、この庭には、ユアン人の家には珍しく樹が植えられていました。その家は、とても広い土地のある立派な家でしたが、ひどく壊されていました。

昼食の包みを開けながら、チェンジンが言いました。

「ここに来るまで、ぼくらがするべきことを考えていたんだ。まず、邪導師に捕えられているジャオカンと、クァンホン先生の孫娘リアンジュを救い出すこと。つぎに、ひとりも犠牲者を出さないこと。そして、できることなら邪導師に気づかれることとなく作戦を終わらせること。

邪導師を倒そうとしているふりをするのは、最小限にしようと思うんだ。戦士たちが、おれたちは何をしに来たんだって文句を言わない程度にな」

チェンジンが冗談《じょうだん》めかして言うと、ヤオシェンはうなずいて言いました。

「そんなことをする余裕は、ないだろうな」

「でも、どうすれば邪導師の城に入り込むことができるのか、まだ見当がつかないんだ。全員で侵入するより、最小限の人数でこっそりと行く方がいいっていうことだけはたしかだけどな。捕えられているふたりの救出にしても、ひとりしか助けられないかもしれない。それでも最低限、リアンジュだけはなんとしても助け出さなくては……」

そう言いながら、チェンジンは分厚いハムとトマトのはさまったサンドウィッチにかぶりつきました。ヤオシェンもサンドウィッチをがぶりと食べ、もごもご言いながら聞きました。

「今朝言ってた〝七人の魔導師〟は、その女の子を助けるためのものなのか？」

チェンジンは、口の中のサンドウィッチを飲み込みながらうなずきました。それから、お茶をひとくち飲んで言いました。

「邪導師でも破れないように、複雑な魔法をかけるんだ。リアンジュを鳥か何かに変身させるのに五人、どこか遠くへ瞬間移動させるのに三人。この八人で、互いの魔法を知恵の輪みたいにからみ合わせてかけるんだ。そうすれば、邪導師でもリアンジュを探し出すことは簡単にはできないはずだ」

「おれが集めた魔導師は、七人だぞ。ひとり足りないじゃないか」

「あとのひとりは、ぼくだ。万が一、ひとり欠けてしまっても、捕えられているふたりに会えればジャオカンが八人目になってくれる」

チェンジンは、ふたりが無事だということをほぼ確信していました。クァンホンの孫娘であるリアンジュは、邪導師にとっては〝朱の書〟と〝白の書〟を手に入れるための人質としてまだ利用価値があるはずですし、そのリアンジュを生かしておくためにジャオカンもまた必要なはずだからです。

人質として閉じ込めておくには、ふたりというのは最適の人数のはずだと、チェンジンは考えていました。もしも自分が捕える側だったら、人質をふたりにしておくと考えたのです。ひとりだけでは苦しさや恐ろしさ、さびしさに耐えられなくなって、人質は自殺してしまったりするかもしれません。でも、ふたりならお互いに勇気づけ合って耐えていけるはずです。また逆に、人質として生かしておくためには、食べ物を与えたりしなくてはならないのですから、人数は最小限の方がいいのです。

邪導師が住む城は、〝人食い伯爵《はくしゃく》〟の城として歴史的にも知られているので、おおまかな構造は歴史資料にも紹介されていました。クァンホンのところで魔法の勉強をしていたころから、邪導師のことに強い関心をもって調べていたチェンジンは、この城の構造が頭に入っていました。だから、リアンジュとジャオカンが城の地下牢《ちかろう》に閉じ込められているだろうということも推測することができました。

しかし、チェンジンにはどう考えても、邪導師に気づかれずに地下牢まで侵入する方法を見つけることができませんでした。なんといっても、もともと強大な魔法の力を持つ邪導師が、防御の魔法が書かれた〝玄《くろ》の書〟を使っているのですから、城の守りは完璧と言っていいでしょう。まして、捕えられているのが魔導師とユアン人戦士なのですから、地下牢は内側からも外側からも破られないように、特に厳重に守られているはずです。それに、ユアン人の得意な地下での活動さえも、〝玄の書〟の魔法で自在に地下を動ける邪導師が相手では、むしろ大きな危険が待っているはずです。

チェンジンは、もうすでに自分たちの動きが邪導師に察知《さっち》され、どこからか見張られているのではないかという気になって、思わず身震いしました。

チェンジンがだまってしまったので、ヤオシェンはぼんやりと前を見ながらサンドウィッチを食べていました。庭に植えられた低木《ていぼく》の枝に、クモが巣をかけていて、えさになった虫を食べているところでした。

「クモも、食事の時間か……」

ヤオシェンがぽつりと言ったので、チェンジンもそのクモの方を見ました。よく見ると、食べられている方も種類はちがうものの同じクモでした。でも、その光景は、邪導師の張った邪悪な魔法の網《あみ》に踏み込んでいって殺されてしまう、ユアン人たちの姿を暗示しているように見えました。

ヤオシェンが、何かチェンジンに声をかけなくてはと思った瞬間、チェンジンがすっと立ち上がって言いました。

「そろそろ出発の時刻だ。クモの食事を見て落ち込んでるひまなんかないぞ。ジフェン地方の地下の街までは全員で行く。そこから地上に出て城に向かうのは、ぼくと第一分隊だけだ。君は、残りの五つの分隊といっしょに残ってくれ。ぼくたちが城に向かって、六時間しても帰らなかったら、全員を撤退させて国際魔導師機構の指揮下に入るんだ。まちがっても、仲間を救援しようなんて考えるなよ」

チェンジンの言葉を聞いて、不安そうな顔でヤオシェンが言いました。

「まさか、君は死ぬつもりで行くんじゃないだろうな」

すると、チェンジンはいきなり両手でヤオシェンのほおをつかみ、「こ・わ・い・か・お・す・る・なー！」と言ってぐりぐりもみました。それは、子どものころからヤオシェンが悩んだりしているときに、決まってチェンジンがするいたずらでした。チェンジンは、ヤオシェンの顔を解放して、大きな口をいっぱいに広げて笑顔を作ると、ヤオシェンの質問に答えました。

「もちろんだ。そこで食べられてるクモ以外、もうだれも死なせない」

ユアン人戦士の部隊は、予定どおりに再び出発しました。

ジフェン地方へ向かう地下の通路には、もう人の行き来はまったくありませんでした。通路のところどころには、壊されてそのままになった車や貨物などが転がっていて、路面の状態も悪く、がたがたしてあまり速度を上げられなくなっていました。また、ユアン人たちはときおりバスを止め、通路をふさいでいる車や岩をどけなくてはなりませんでした。

それでも、予定より一時間ほど遅れただけで、目的地であるジフェン地方の地下の街に着くことができました。

その街も、昼食のときに立ち寄った街以上にひどく破壊され、だれも住んでいませんでした。それにも増して、邪気に満ちた空気がどんよりと街を覆っていて、長くいるだけで病気になりそうな気さえしました。

街の中心近くにあった球技場に全員を整列させると、チェンジンはグラウンドの審《しん》判《ぱん》台に上がり、大きな声で命令をしました。

「これより第一分隊は指揮官とともに、邪導師の城に潜入《せんにゅう》し、人質を救出する。第二分隊から第六分隊までは現地にて待機し、ヤオシェン参謀の指示に従え」

そこまで言うと、チェンジンは審判台の横に立っていたヤオシェンに「あとは頼んだぞ」という視線を送りました。ヤオシェンはだまって、力強くうなずきました。

「第一分隊は、指揮官に続け」

チェンジンは、そうさけぶと審判台の上から大きく飛び上がり、整列しているユアン人たちの頭上を飛び越えて地上への出口に向かって駆け出しました。

訓練されたユアン人戦士たちは素早く反応し、第一分隊の五〇人ほどの戦士たちがチェンジンの後を追って走り出しました。自動車のような速さで走りながら、戦士たちはきれいな隊列をくずしませんでした。

地上に出たチェンジンたちは、人の作ったものが何も見えない荒地《あれち》の中を、北に向かって走りました。空を覆った雲は厚く、まだ日没《にちぼつ》直後くらいの時刻のはずなのに、真夜中のように真っ暗でした。空気は乾いていましたが、まるで水の中を走っているように、風が重たく体にからみついてくるような気がしました。

早く邪導師の城に着かなくてはと気ばかりあせって、チェンジンは、自分がカメぐらいの速さでしか走れなくなってしまったように感じました。後ろに流れていく景色が、いつまでたっても少しも変わらないような気がしました。自分たちはもう、邪導師の魔法の網にかかっていて、永遠にこの荒地を走らされ続けるのではないかという気にさえなりました。それでもチェンジンは、本当は時速一〇〇キロを超える速さで走っていて、第一分隊の戦士たちの半数くらいは、ついていくのがやっとでした。

そんなふうに三時間近く走り続け、チェンジンたちはジフェン地方をほとんど縦《じゅう》断《だん》してしまいました。やがて、けわしい岩山に囲まれたユアンジ盆地に入り、南北二〇キロ以上ある盆地を北へ向かって縦断し、小さな暗い森に着いたところでチェンジンは足を止めました。もうそこは、盆地の北側で、邪導師の城がある岩山のすぐそばでした。

そこでチェンジンは、ヤオシェンが選んでくれた七人の魔導師の名を呼び、自分といっしょに城へ潜入するよう命令しました。城へ行く七人のうちのひとりが第一分隊の分隊長だったので、チェンジンは、副隊長を森に残る戦士たちの代表に任命して、言いました。

「これより指揮官以下八名は、邪導師の城に潜入する。作戦の所要時間は一〇分だ。われわれが一〇分たっても帰還《きかん》しない場合は、ただちに撤退し、本隊と合流してヤオシェン参謀の指示に従え」

そこまで言うと、チェンジンは大きくひと呼吸しました。

「これで、残りの戦士たちは無事に帰れるはずだ」

チェンジンは眼を閉じて、心の中で自分にそう言い聞かせました。

つまり、城に潜入する八人以外の戦士たちは、ただ撤退するためだけにここまで来たのです。あとは、無事に帰還してきた指揮官の命令で撤退するか、潜入した八人が帰還しなければ危険を避けるために撤退するかの、どちらかしかないのです。長老たちが望んでいるように、ユアン人の誇りを守るために戦うように見せかけ、できるだけ犠牲者を出さないためにチェンジンが懸命に考えた作戦でした。

それからチェンジンは、自分といっしょに行く七人の顔を見て言いました。

「これから先は敵の居城《きょじょう》だ。気をゆるめることなく、ついてくるように。具体的な作戦行動については、走りながら説明する」

そして、森の奥に向かって、再びチェンジンは走り出しました。五〇メートルほど行ったところには洞穴《ほらあな》があって、チェンジンは、その洞穴が邪導師の城に続いていることを知っているかのように、ためらいなく飛び込んで行きました。

洞穴の中は、まるでユアン人の地下通路のようにきれいな造りになっていて、チェンジンたちは全力に近い速さで走ることができました。走りながら、チェンジンは七人の魔導師たちに作戦を説明しました。

「われわれは、邪導師の城の地下牢に捕えられているふたりを救出する。ひとりは、君たちも知っているジャオカン。もうひとりは、亡くなられたクァンホン魔導師の孫娘、リアンジュだ。このリアンジュは、今後のタイファン大陸の運命を握っていると言ってもいい。

われわれはまず、このリアンジュを救出する。邪導師に破られないよう互いに魔法をからみ合わせて、五人でリアンジュを鳥に変身させ、残りの三人でだれにもわからないところへ瞬間移動させる。城から無事に脱出させることができれば、あとはリアンジュが自分でなんとかするはずだ。失敗は許されないぞ。お互いに、魔法をからませてかけるイメージを心の中で作っておくように。

そして、リアンジュの救出を確認した後、ジャオカンを救出して城を脱出する」

そう言ってチェンジンは、リアンジュに変身魔法をかける者と瞬間移動魔法をかける者の、分担を決めました。

洞穴のトンネルはまっすぐに続いていて、やがてチェンジンたちは大きな扉に突き当たって止まりました。チェンジンは迷うことなく、すぐに扉の取っ手に手をかけて引きました。鍵もかかっていなかった扉は音もなく開き、八人のユアン人戦士たちは地下牢の〝鉄格子《てつごうし》の内側〟に出ました。

突然の侵入者に、捕えられていたふたりの人が驚いてふり向きました。それは、リアンジュとジャオカンでした。

ヤオシェンは、ひとり地上に出て邪導師の城がある方角を見つめていました。ジフエンの地下の街に残った戦士たちは、ヤオシェンの指示で休憩をとっていました。

「なぜ、何も起こらないんだ……」

ヤオシェンは、ぽつりとつぶやきました。ユアン人の戦士たちは、もうまちがいなく邪導師の勢力圏内《けんない》に入っていました。ユアン人の地下の街にさえ、邪悪なにおいのする空気が漂っていました。地上に出てみるとそれは一層強く感じられ、まるで自分の体力が、北へ流れている風に乗って吸い取られていくような気にさえなりました。

「おれたちがこんな近くまで来ているのに、邪導師はなぜ、ディ族の襲撃さえもよこさないのだ。まさか、おれたちに気づいていないとでもいうのか？　それとも、何かの罠《わな》なのか？」

ヤオシェンには、もうひとつわからないことがありました。それは、こんなにすんなり敵地に入り込めたことに、チェンジンがなんの疑問も持っていないように見えたことでした。

昼食をとっていたときには、邪導師の城に入り込む方法もまだ見当がつかないと言っていたのに、邪導師の城に向かって駆け出す前にヤオシェンに投げたチェンジンの視線には、はっきりと確信の光が宿っていました。チェンジンはまるで、もう邪導師など問題ではないと思っているかのように飛び出していったのです。

チェンジンが何を考えているのか、もうヤオシェンにはわかりませんでした。

「おれたちはもう、敵が張ったクモの巣の上にいるんだぞ」

ヤオシェンがそうつぶやいた瞬間、すさまじい閃光《せんこう》と雷鳴《らいめい》と衝撃のかたまりが空を駆け抜けました。ヤオシェンは、邪導師の攻撃かと思い、とっさに腰のナイフに手をかけて身がまえました。

夜の闇を引き裂いたそれは、空を覆った分厚い雲の中を、まるで魔王と雷神のパレードか何かのように、大地までゆるがせながら南から北に向かって空を貫いていきました。その衝撃で雲からふり落とされたように、ばらばらと大粒の雨が落ちてきました。ヤオシェンの顔にあたった雨は熱を帯びていて、乾いた地面を少しだけぬらすとまたすぐにやみました。

それは、サジュエたちがいたチュイ人の村から盗まれた〝ショウの力〟のエネルギーのかたまりでした。エネルギーのかたまりはすぐに見えなくなり、あたりにはまた死の気配が忍び寄るような静けさだけが残りました。

ヤオシエンは、しばらくあたりの気配をうかがい、敵が襲ってきたのではないことを確認するとナイフから手をはなし、また邪導師の城の方角を見ました。

地下牢に捕えられていたリアンジュとジャオカンは、ただぼんやりと座り込んでいました。その地下牢は、何百年も前に〝人食い伯爵〟が城を建てたときのままで、大きな石をれんがのように積み上げて造られていました。

牢の中にはいやなにおいのする空気がどろんとよどんでいて、捕えられた者の体力や気力を抑え込んでしまうように、牢には邪導師の魔法がかけられていました。そのため、この牢に入った者は、だいたいぼんやりとして座り込んだり寝転んだりするのです。その代わり、おなかもすかなくなり、眠くなることもなく、トイレにも行きたくならないのです。そうやって、身体の働きをぎりぎりまで抑え込むことで、捕えた側の者はほとんど捕えられた者の世話をしなくてもよくなり、脱走される心配もなくなるのです。

「……リアンジュ、リアンジュ」

ジャオカンに呼ばれていることに気づき、リアンジュはぼんやりと顔を上げました。リアンジュが気づく前から、ジャオカンは何度も呼んでいたようでした。

「リアンジュ、この地下牢には邪導師の魔法がかけられている。ぼんやりしていると、邪悪な力にのみ込まれてしまうぞ。何か考えるんだ。何でもいいから」

ジャオカンにそう言われて、リアンジュはペンダントの青い石を手にとって、懸命に考えようとしました。おじいさんが殺されてしまったこと。自分が邪導師に捕まってしまったこと。ジャオカンも捕まって〝蒼《あお》の書〟を奪われてしまったこと。おじいさんと関係が深い国際魔導師機構のこと。タイファン大陸のこと。サジュエが持っていた〝朱の書〟のこと。サジュエのこと。おじいさんのこと。サジュエのこと。おじいさんのこと。サジュエのこと。

「リアンジュ」

ジャオカンに名前を呼ばれて、リアンジュはわれに返りました。何かを考えようとしていたはずなのに、いつのまにかまたぼんやりしていたのです。

「ジャオカン、あたしたち、どうなっちゃうんだろう……」

リアンジュがそうつぶやくと、ジャオカンはにっこり笑って言いました。

「君がわたしに話しかけてくれたのは、一〇時間ぶりだ。ふたりっきりでいるのに話しかけてくれないから、わたしは君に嫌われてしまったのかと思ったよ」

ジャオカンの冗談に、リアンジュはくすっと笑いました。すると、リアンジュの心を覆っていた霧のようなものが晴れ、頭の中が少しはっきりしてきました。そして、ジャオカンがいままでしっかりと自分自身の意思を持ち続けていたのに、リアンジュは邪悪な魔法に負けてしまっていたことに気づきました。リアンジュはとても恥ずかしくなって、心の中で「あたしは、なんて未熟な魔導師なんだ」と自分に怒り、おじいさんのあとを継ぐためにも、もっと自分を鍛えようと決心しました。

突然、牢の石壁の一角が扉のように開き、数人のユアン人が飛び込んできました。それは、チェンジンたち八人のユアン人戦士でした。ふたりは、何が起きたのかもわからず、ただユアン人たちを見つめていました。

「君たちを救出に来た。時間がない、手短《てみじか》に説明するぞ」

チェンジンのその言葉で、リアンジュとジャオカンはわれに返りました。

「リアンジュ、ぼくたちは君を八人分の魔法で鳥に変身させて、どこかに瞬間移動させる。魔法の解き方は、キーワードでもなんでもいいから、君が決めるんだ。邪導師や手下の者たちに解かれないように、注意して決めてくれ」

チェンジンがそこまで話すと、ジャオカンが口をはさみました。

「君たちは、いったいどうやってここまで来たんだ。どうして、この地下牢に入り込むことができたんだ」

その言葉に、チェンジンに従ってきた戦士のひとりが、たまりかねて言いました。

「チェンジンさん、あなた、邪法《じゃほう》を使ったんですね？　こんな、牢の内側に直接通じてる通路なんて、あるはずがない。こんなところまで侵入して、ディ族のひとりさえも出てこないなんて不自然すぎます。邪導師に気づかれず、こんなふうに侵入できるなんて、邪法を使ったとしか考えられない」

「糸にかからずにクモの巣の上を歩くためには、自分もクモになるしかなかったんだ。ジフェン地方南部の地下の街で待機している者たちも含めて、ぼくたち全員を邪法の力で包んである。ここまでの通路も邪法の力で作った。邪導師が使う力と同じ力だから、気づかれにくい。だから、気づかれる前に早くリアンジュを脱出させて、君たちも逃げるんだ。ぼくひとりが犠牲になれば、全員助かる。

こんなことを話してる時間はない。いくら糸にかからずに巣の上を歩けたって、巣の主《ぬし》のクモに見つかってしまったら食われてしまうんだぞ」

チェンジンがそう答えた瞬間、大きな地震のような激しい振動が邪導師の城を襲いました。チュイ人の村から盗まれた〝ショウの力〟のエネルギーが、城に到達した衝撃でした。振動はすぐにおさまり、一瞬、城の中の空気がどくんと鼓動《こどう》するような感じがして、また静かになりました。

「巣の主のクモに見つかってしまったら食われてしまう、か。おもしろいことを言うやつだ」

不意に、低い男の声がしました。声のした方を全員がふり返ると、そこには黒いローブとマントをまとった、大柄な男が立っていました。

邪導師バオファン。

全員が、凍りついたように動きを止めました。

「私に気づかれずにこんなところまで入り込んでくるとは、たいしたものだ。ちょうど今、新しい力を手に入れたので、お前たちがいることに気づいたのだが、そうでなければ最後まで気づかなかったかも知れぬ。実に惜しかったな」

そう言って、邪導師は低い声で笑いました。

その時、チェンジンが邪導師を指差し、「キャン。……アー、イー」と言いました。ユアン人たちとリアンジュは、すぐにその特別な「三、二、一」の意味を理解して、固く眼を閉じました。自分を指差す不敵なユアン人に、邪導師が怒りのまなざしを向けた瞬間、強烈な閃光が邪導師の眼に突き刺さりました。

邪導師は不意を突かれ、一時的ではありましたが完全に視力を奪われて、魔法を使うために心を集中させることができなくなりました。

この〝キャン、アー、イー〟という数え方は、「今から閃光魔法で敵の眼をくらませるから、眼をつぶれ」というユアン人の合図なのでした。この地下牢に現れたのが、ペイワンではなく邪導師自身だったのは、逆にチェンジンたちにとって幸運でした。ジャオカンやチェンジンと仲が良かったリアンジュも、そしてクァンホンのところでユアン人たちといっしょに学んでいたペイワンも、当然そのことを知っていたのですから。

ユアン人たちは、その一瞬のすきを見逃しませんでした。邪導師に閃光魔法をかけているチェンジンに代わり、ジャオカンが加わって、リアンジュに魔法をかけました。リアンジュは、あわてて魔法を解くときの方法を考えました。とっさに思い浮かんだのは、サジュエのことでした。間に合わなくなる寸前で、リアンジュは自分の魔法を八人の魔法にはさみ込み、魔法の解き方を決めることができました。

一瞬で、リアンジュは一羽のツバメに姿を変え、そして消えました。

「撤退！」

リアンジュの救出が成功したことを確認して、チェンジンはさけびました。ユアン人戦士たちは、弾丸《だんがん》のように、もと来たトンネルに飛び込みました。続いてジャオカンとチェンジンが駆け込もうとしたところで、扉は閉まり、もとの石壁になってしまいました。もう、たたいても魔法をかけても開くどころか、動きもしませんでした。

ふたりがふり返ると、両眼を左手で押さえた邪導師が、かがみ込みながらも扉に向かって右手をかざしていました。扉を閉じたのは邪導師の魔法でした。

「よくやったと言いたいところだが、邪法でこの私を出し抜くなど、一〇〇年早い。自分を犠牲にして仲間を助けようなどという甘い考えで邪法を使う者には、邪法の本当の恐ろしさを味わってもらうとしよう。

ふふふふ、だんだん視力がもどってきたぞ。残ったのは、ふたりか。思ったより多く逃げられてしまったな、さすがはユアン人の戦士だ。

さあ、お前たちふたりは、このつぼの中に入って殺し合いを続けるがいい！」

邪導師がそう言って、リンゴほどの大きさのつぼを差し出すと、ジャオカンとチェンジンはつぼの中に吸い込まれてしまいました。

つぼの中は、別の世界のようになっていました。そこは沼地のような場所で、ふたりの周りをたくさんの小さな虫が飛び回り、周囲には何か小さな生き物がざわざわと近づいてくるような気配がしていました。ふたりが、まとわりついてくる虫を追い払っていると、雷鳴のように邪導師の声が響きました。

「そこは、毒を持った生き物が殺し合う世界だ。虫や魚、ヘビやトカゲ、鳥、獣。妖怪に近い生き物もいる。毒を持った植物さえもお前たちを襲うぞ。お前たちも、死にたくなければ殺すのだ。

邪法に手を出したユアン人よ、お前に襲いかかってくる生き物をすべて殺して犠牲にすれば、お前は死ななくてもすむぞ。だが、気をつけるがいい。邪悪な生き物を殺すほどに、お前たち自身も毒を帯び、邪気に染まっていくのだ。お前たちふたりが、最後まで生き残ったとしても、待っている運命は殺し合いだ」

あざけるような邪導師の笑い声が響き、ジャオカンは空に向かってさけびました。

「わたしたちは仲間だ、殺し合いなどしない！」

再び、邪導師の笑い声が聞こえました。

「はたして、いつまでそうやって仲間を信じていられるかな？　お前の相棒は、仲間を助けるためとはいえ、邪法に手を出した男だぞ。邪気に染まれば、平気でお前を殺すようになるに決まっている」

また、あざけるように笑うと、邪導師の声は聞こえなくなりました。

邪導師が使ったのは〝蠱毒《こどく》〟という、人を呪《のろ》い殺すための恐ろしい毒薬を作る方法でした。毒を持った虫や動物同士に殺し合いをさせると、最後に生き残ったものからは、呪いの力を秘めた強力な毒が採《と》れると言われているのです。つぼの中に邪法で別の世界を創り出し、邪導師は恐ろしい蠱毒の呪いにジャオカンとチェンジンを閉じ込めたのです。おそらく、ふたりは最後まで生き残るでしょう。しかし、それも邪導師の計算のうちでした。ふたりが生きている間は、人質《ひとじち》として使うことができ、邪気に染まって互いに殺し合いをするようになれば、今度は自分の手下として使うことができるのです。

にわかに、ジャオカンとチェンジンの周りにいる生き物たちの動きが激しくなってきました。ヒョウに似た大きな獣も、どこからか出てきました。数え切れないほどの、毒を持った生き物たちが互いに殺し合い、ふたりのユアン人にも襲いかかってきました。

八・空中の王国

　ルイジが運転するグリフィン号は、真っ暗な砂浜を西に向かって走り続けていました。車輪のないグリフィン号は、波が静かに打ち寄せる砂の上に二〇センチほどの高さで浮かんだまま、音もなく走っていました。じつは、グリフィン号は本当に浮かんでいるのではなく、魔法の力でできた見えない車輪のようなものを出して走っているのです。そのため、水の上を走ることもできますが、砂の上を走るとわだちのような跡がうっすらと残るのでした。

　波が、グリフィン号の走った跡をゆっくりと消していきました。

　ルイジは、チュイ人の村を出てから丸一昼夜、ほとんど休憩らしい休憩をとらずに運転し続けていました。サジュエは、眠れるときにはよく眠っておくようにルイジたちから言われていましたが、あまり眠れませんでした。窓の外には砂浜がどこまでも続いていて、まるでこのままこの星を一周してしまいそうに思えました。まだ夜明け前の海は、吸い込まれそうなほどに真っ黒で、水平線の近くに漁船らしい船の明かりだけが小さく光っていました。

　サジュエの頭からは、チュイ人の村での恐ろしい光景が離れませんでした。村がどうなったのか、そして三人を送り出し「弁護する」と言ってくれたハンジエがどうなったのか、とても気がかりでした。

　サジュエの後ろの座席で、リンダが寝返りを打ちました。

　ルイジは、恐い顔をしながらハンドルを握っていました。チュイ人の村を出たときからずっと、まるで目の前にいる邪導師《じゃどうし》とにらみ合っているような目つきをしながら運転をしていたのです。リンダが「ルイジがああいう顔をしてるときは、考えごとをしてるときだから、話しかけたりしないでそっとしとくのが一番いいんだよ」と言っていたのを思い出し、サジュエはまた窓の外を見ました。そうしているうちに、サジュエはいつのまにかまた眠っていました。

　サジュエが眼を覚ましたときには、グリフィン号は止まっていて、一番後ろの座席にはルイジが寝ていました。サジュエはルイジを起こさないように気をつけながら車の外に出ました。もう夜が明けてから、かなり時間がたっているようでした。

　そこはまだ、ずっと続いている砂浜でした。遠浅《とおあさ》の砂浜は波打ち際《ぎわ》までの幅がとても広く、遠くの方をよく見ると、数人の人影が見えました。グリフィン号は、人の注意をひかないように、あまり人の来ないような場所の、樹のかげに停めてありました。

車体の色も、よくある白い色に変えてありました。

リンダが、どこからか大きな花柄のビーチパラソルを出して、朝食の準備をしていました。

「おはよう、サジュエ。よく眠れた？」

「おはよう、リンダ。あんまり眠れなかった。だって、後ろにすごい眠り姫が寝てたんだもん」

サジュエがそう言うと、いきなり目の前が真っ暗になりました。リンダは、タオルでサジュエの頭を包み込んで言いました。

「眠り姫ってのは、わたしのことか？　何がすごかったんだ、言ってみろ！　それだけ頭が回るんなら、睡眠が足りないってことはないね。さっさと顔を洗っといで」

リンダはそう言うと、笑いながらサジュエを解放しました。

サジュエが顔を洗い終わるころには、もう朝食の準備ができ、ルイジも起きてきました。食事をしていても、ルイジは相変わらず考えごとをしているらしく、どんよりと曇った水平線をじっとにらんでいました。

「どうにも気に入らねえ」

ルイジが、オイルサーディンとレタスのサンドウィッチをかじりながら、ぼそりと言いました。

「サジュエ、お前さんはどう思う?」

いきなり聞かれて、サジュエにはルイジが何のことを聞いているのか、何を答えればいいのか、まったくわかりませんでした。ルイジは、またいらいらしながら言いました。

「チュイ人の村でのことだよ。あの聖なる力を盗んでったのは、バオファンのやろうだと見て、まずまちがいねえ。あんなことができるやつも、やろうとするやつもほかにいねえからな。ここんとこは、かなり正解っぽいんだ。だが、どうにもあいつらしくねえ」

「邪導師なのに、〝聖なる〟力を盗んでったから?」

サジュエが聞きました。

「そうじゃねえ。〝聖なる〟ってのは、チュイ人が呼んでる呼び名であって、もともと自然の力には〝神聖〟も〝邪悪〟もねえよ。その力が強いか弱いかだけだ。バオファンのやろうは、〝ショウの力〟がけたはずれにでかい力だから盗んだんだ。

おれが気に入らねえのは、その盗み方だよ。手口が全然あいつらしくねえんだ。普段は、魔導師《まどうし》の家一軒襲うのにも山ほどディ族を送り込んで、メチャクチャやらかすやつが、チュイ人の村のときはなんであんなにおとなしかったんだ。まるで、こそ泥じゃねえか」

「あんなすごい嵐だったのに、おとなしかったたって言うの？」

今度は、リンダが口をはさみました。

「あの嵐は、もともと月へ向かうはずのエネルギーを、むりやりねじ曲げたから暴走したもんだ。いつものあいつのやり方だったら、まるで海水浴客みてえにディ族がわんさか出てきて村を襲うはずだと思わねえか？　それに、また雷鳴《らいめい》を使って、空から『ショウの力は、このバオファン大帝がいただいていくぞ。わっはっはあっ』くらいのあいさつもしてくはずだよ」

サジュエとリンダは、「そうなのかなあ」という顔でルイジの話を聞いていました。

ルイジは、そんなふたりの顔を見て話を変えました。

「まず最初におれがおかしいと思ったのは、おとといの昼、バオファンのやろうが空に現れて帝国の宣言をやらかしたときなんだ。あいつは〝四神経《ししんきょう》〟を四冊そろえようとしてるんだろ？　だったら、まだ二冊しか手に入ってねえのに、なんで〝帝国〟だの〝大帝〟だのって、ぶち上げたんだ。おかしいじゃねえか」

それを聞いてサジュエとリンダは、サンドウィッチを手に持ったまま考え込みました。それからサジュエは、サンドウィッチにかぶりつこうとして、ふと思いついてぽつりと答えました。

「……残りの二冊が、出てくるように仕向けた」

そう言ったサジュエの頭を、ルイジは帽子の上からぐりぐりと乱暴になでました。

「お前さん、やっぱりみどころがあるぞ。それだ、正解っぽいだろ。いいか、バオファンのやろうの立場で考えてみるんだ。残り二冊の〝四神経〟を手に入れたい。でも、〝白の書〟はキゼ事務総長が持ってて、国際魔導師機構の鉄壁の防御で守られてる。〝朱《あか》の書〟の方は、〝大賢者《けんじゃ》ルアンティエ〟がどこかにかくしちまって見つけ出せねえ。だから、あんな大宣伝をやらかしたんだ。『さあ、残りの二冊を持って戦いにやって来い』ってな。

だから、わからねえんだよ。チュイ人の村を襲って、聖なる〝ジョウの力〟を盗んだんだぞ。チュイ人の村ひとつだけの問題じゃねえ。あれだけのエネルギーを奪われちまったんだ、タイファン大陸のほとんどの森が、生気《せいき》を失ってどんどん枯《か》れてくだろう。これ、地味だけどけっこうやばいぞ。バオファンのやろうは、こんないいネタをなんで宣伝しねえんだ。まさに〝朱の書〟と〝白の書〟をいぶり出すのにもってこいの事件じゃねえか。

それとも今ごろ、宣伝のために、この事件をスクープした〝帝国新聞〟でも印刷してやがるのか？」

「あははは、それこそあの邪導師の手口じゃないね」

そう言ってリンダは笑いましたが、サジュエは考え込んだままでした。そのサジュエの様子を見ながら、ルイジは言いました。

「やっぱり、そこんとこがわからねえ。そのすぐあとに、ユアン人を二百何十人も殺しやがったときには、ちゃんと何人かをわざと逃がして、自分がいかに残酷で恐ろしいかって宣伝させてやがるのに」

それを聞いて、サジュエは驚いて顔を上げました。

「そんなことがあったの？　いつ？　それって、ジャオカンたち？」

ルイジは、手に持ったサンドウィッチでサジュエを指しながら答えました。

「きのうの朝、ラジオのニュースで言ってたんだ。お前さんが眠ってたときだ。ジフェン地方にある、ユアン人の地下の街にいた二百何十人ものユアン人が、あのやろうに殺されたんだ。ちょうど、おれたちがチュイ人の村を出て、海に向かって森の中を走ってたころのことだろう。生き残ったユアン人たちが何人かいて、国際魔導師機構の本部に逃げ込んだんだけど、その中にはあのやろうの城に入り込んだやつもいるそうだ。

わかるか？　つまり、自分の城に侵入して自分の恐ろしさを目の当《ま》たりにしたやつらは逃がしといて、わざわざ後方で待機していた連中の方を殺してやがるんだ。

お前さんの知り合いの、そのなんとかいう捕まってたやつがユアン人だっていうなら、殺されたユアン人たちは救出部隊だったんだろう。……ってことは、全員が戦士だな。その中には、魔導師の資格を持ってる戦士もけっこういたと考えられる。うん、正解っぽいな。つまり、もしも本当にそんな人数のユアン人戦士を殺したんだとしたら、バオファンのやろう、想像以上にとんでもねえ力を持ってやがるってことだ」

「ユアン人の戦士って、やっぱりそんなに強いの？　ぼくは、ジャオカンが戦ってるところを見たことがあるけど、すごい速さと力だった」

　口をはさんだサジュエに、ルイジはサンドウィッチの中からセロリを抜いて足元に捨てながら言いました。

「たとえば、お前さんとおれが同じ剣を持って戦うとするぞ。有利なのはどっちだ」

　サジュエはいきなり質問され、話をそらされたように感じてとまどいながら答えました。

「……それは、兄貴《あにき》。だって、力が強いし体が大きいもん。同じ剣を持つんだったら、兄貴の剣はぼくに当たるけど、ぼくのは兄貴にとどかない」

「じゃあ、同じ条件でお前さんがおれに勝つためには、どうすればいい？」

　サジュエは考え込んで、それでもすぐに答えることができませんでした。またセロリを捨てながら、ルイジが答えを言いました。

「それが、体の小さい民族であるユアン人の課題だよ。答えは、〝体を鍛える〟だ。正解っぽいだろ。相手の力が強いなら、それ以上に強くなればいい。相手の方が攻撃範囲が広いなら、相手の攻撃が当たらねえくらいの速さで攻め込んでいけるようになればいい。

ユアン人の戦士ってのは、信じられねえくらいに体を鍛えるんだ。だから、ひとりで一〇〇人の敵を相手にできるくらい、めちゃくちゃに強い。魔法を抜きにして考えれば、まちがいなくタイファン大陸で一番強いな。

おれは一度、どこだったかの街で、ユアン人が〝消える〟のを見たことがあるんだ。二人組だったけど、おれの二〇メートルくらい前を歩いてて、そいつらがいきなりふっと消えたんだ。つまり、あんまり速く動くから、眼がそいつらの動きについてけなくて、消えたように見えるんだ。けど、すぐ目の前ならともかく、二〇メートルも先で消えたように見えるなんて、とんでもねえ瞬発力とスピードだぞ」

「そのユアン人たちは、なんのために街の中で、そんな速さで動いたの？」

サジュエに聞かれて、笑いながらルイジが答えました。

「銀行強盗を捕まえやがったんだ。強盗のやろうも驚いただろうな。銀行にいるやつらを脅かそうと思って、こう銃を天井《てんじょう》に向けるだろ、引き金を引こうとすると手の中から銃が消えて、次の瞬間には床に押さえつけられてんだ。おれはそのとき、ユアン人のいるところでは仕事はしねえって、心に決めたね」

リンダが、ルイジの話を途中から聞いていなかったように、難しい顔をしながらぽつりと言いました。

「邪導師は、チュイ人の村を襲って〝ショウの力〟を盗んだことを、なぜ宣伝しなかったんだろう。なんだか、そこに重要なことがかくされてるような気がする……」

「そうだな。バオファンのやろう、何か大きいことを始めようとしてやがるのかもしれねえ。あんまり、のんびりしてられねえぞ。さっさと〝白の書〟をいただいてこねえと……」

「でも、このまま直接、国際魔導師機構にお邪魔するんじゃないんでしょ？」

そうリンダが聞くと、ルイジはサンドウィッチをくわえたままうなずきました。

「このまま、海岸沿いをずっと西に行くと、早けりゃ夕方にはクンガンの街に着く。クンガンには、おれの知り合いの魔具工《まぐこう》が住んでるから、必要なものをそこでそろえる。それと食事だ。クンガンは港町だから、食い物がうまいぞ。そして、ちゃんとしたベッドで寝て体を休めて、夜明け前には出発だ」

そのとき、ルイジの口の中で、捨てたはずのセロリがしゃりっと音をたてました。ルイジは、思い切りいやな顔をしてリンダをにらみました。

「好き嫌いしてると、邪導師に勝つための体力が維持できないよ」

リンダがいたずらっぽく笑いながら言いました。リンダは、ルイジがセロリを嫌いだということを知っていたので、捨てても元にもどる魔法を最初からセロリにかけていたのです。

三人が食事をすませ、片づけをしていると、男の人の声がしました。

「〝盗み屋〟のルイジ殿とお見受けする」

いきなり名前を呼ばれたルイジが驚いてふり向くと、水色のスーツを着た五〇歳くらいの大柄な男の人が、背筋をぴんと伸ばして立っていました。その人のスーツは、肩とそで口に階級章の飾りが縫い付けられていて、サジュエにも軍服だということがわかりました。その人は、スーツと同じ色の帽子をかぶっていて、腰の右側には長さが三〇センチくらいの金属の棒をベルトからさげていました。

「危ないっ！」

サジュエとリンダが同時にさけびました。次の瞬間、その人の体がいきなり爆発しました。離れた場所にいたサジュエとリンダまでが、爆風にあおられ、突き飛ばされたように倒れました。爆発があった場所に、ルイジはいませんでした。ルイの服を着ているルイジは、一瞬のうちに反応し、眼にも止まらないほどの速さで爆発を避けたのです。

爆発したはずの、軍服姿の男は、空中に浮かんでルイジたちを見下ろしていました。二メートルほどの長さの金属の棒を手に持ち、まるでその棒にぶら下がっているように空中に浮いていました。その棒は、その男がベルトからさげていた、短い棒が伸びたもののようでした。

　空中から、男がルイジに襲いかかりました。男が持っている金属の棒は、空中を飛ぶことができるルイの一種らしく、男は、空中でくるくるとめまぐるしく動きを変えました。棒につかまって飛んだかと思えば、その棒を武器にしてルイジになぐりかかりました。それは、厳しい訓練を受け、鍛えぬかれた者の動きでした。そして、古代から受け継がれた拳法《けんぽう》のように、きめ細かく作り上げられた戦い方でした。

「なんだよ、いきなり！　おれは、あんたみてえな軍服を着たやつに、逮捕されるようなことをした覚えはねえぞ！」

　ルイジは、今までに見たこともないような動きで敵が襲いかかってくるので、その動きを予測することができず、攻撃をぎりぎりで避けるのがやっとでした。

　リンダが呪文を唱えて、体の動きや反応速度を上げる魔法をルイジにかけました。リンダの魔法のおかげで速く動けるようになったルイジは、敵の動きを正確にとらえることができるようになりました。ルイジは、男の攻撃を最小限の動きで避け、襲いかかる金属の棒をすべて手で受け止めました。

「これなら、ルイを使うまでもねえ」

　ルイジはそう言って、敵のふり下ろした棒を両手でつかむと、そのまま相手の大きな体をふり上げ、砂浜にたたきつけました。男は、派手《はで》に砂を巻き上げて起き上がり、すばやく棒を縮めてベルトにもどすと、今度は素手でルイジと戦おうとするように身がまえました。

「なんだよ、テストのつもりか？」

ルイジが、不機嫌そうな顔になって言いました。

「おれの前に立ってるお前さんは、にせものだ。帽子のそれ、どこの国の紋章か知らねえけど、さっき見たときの裏返しになってるじゃねえか。服の前の合わせも、左右が逆だ。挑発に乗って、おれがお前さんと組み合ったりしたら、また爆発するんじゃねえのか？」

ルイジがそう言うと、目の前に立っていた男は砂の像に変わり、ざらざらとくずれてしまいました。その砂の上に、男が空から飛び降りてきました。男は、最初に立っていたときと同じように、ぴんとまっすぐの姿勢になって言いました。

「うむ、見事なり。まずはご無礼をおわびいたす。拙者《せっしゃ》、チジン王国空中騎士団にあって、団長を務めるモウダと申す者。こたびは、わがシューゴン国王より、ルイジ殿にお願いしたき儀これありて、王宮へご案内せよとの下命《かめい》によりまかりこした次第《しだい》。うわさに聞く〝盗み屋〟ルイジ殿の実力のほど、この眼でしかとたしかめさせていただいた。国王のお召しなれば、ルイジ殿もお供の方々も、とくご同行願いたい」

モウダと名乗った男の人は、〝気をつけ〟の姿勢のまま、大きな声で話しました。

おなかから発声している、よく通る太い声でした。不機嫌そうだったルイジの顔が、〝チジン王国〟と聞くと、急に興味深そうな顔に変わりました。

リンダが、小さな声でルイジに言いました。

「ねえ、この人の話し方、わかりにくいよ……」

「王様が、おれに頼みてえことがあるから、来いって言ってるんだってよ」

「あのさ、ルイジに頼みたいことって、何かを盗み出してほしいってこと？」

リンダが聞くと、モウダはまた同じ姿勢のまま答えました。

「拙者は、ルイジ殿をお連れせよとのみ命ぜられしなり」

「聞いてねえんだってよ。いいだろう、行ってみよう」

ルイジがそう言うと、サジュエがあわてて抗議しました。

「だめだよ、先を急いでるのに！」

「心配すんなって。ややこしい依頼なら、断りゃいいんだ。チジンっていったら、あのチジン空中王国だろ。もしかしたら、少しくらいの寄り道なんざ、あとでお釣りがくるほど取りもどせる、お得な話かもしれねえ」

ルイジは、そう言って「ひひひっ」と笑いました。

三人は、食事の片づけを終えると、モウダをいっしょにグリフィン号に乗せて、案内してもらいながら海岸沿いの道路を西に向かって走りました。

ルイジは、モウダの案内に従って、海岸道路から右に曲がって山地に向かう道へグリフィン号を走らせました。それから一時間も走ると、山と山の間に、空に浮かぶ島が見えてきました。それが、〝空中王国〟と呼ばれるチジン王国でした。それから、さらに一時間近く走って、グリフィン号はチジン空中王国の出入国管理事務所の建物に着きました。

頭の上には、空を半分近く覆いかくして、チジン空中王国の島が浮かんでいました。なぜか、島のかげになっている地上は、それでもあまり暗くありませんでした。

地上にある出入国管理事務所の前には、車が一〇〇台は楽に停められそうな大きな駐車場があり、「天空の王国チジンへようこそ」「大空で過ごすチジンの休日」などと書かれた派手な看板がいくつも立っていました。ルイジは、事務所に近い、観光バス用の駐車場所にグリフィン号を停めました。

サジュエたちは、入国者名簿に名前と性別と年齢と国籍を書き込むだけの簡単な手続きをして、チジン王国に入りました。入国者用の門をくぐると、四角いかご状の形をしたゴンドラのような乗り物が何台も並んでいました。モウダにうながされて、サジュエたちはそのゴンドラに乗り込みました。最後にモウダが乗って扉を閉めると、ゴンドラは静かに浮き上がり、チジン空中王国の島まで昇っていきました。ケーブルも何もないゴンドラは、何か魔法の力で空中に浮かんでいるようでした。

ゴンドラがだんだん高く昇るにつれて、地上の景色が遠くまで見えるようになってきました。西の方角には、山と山の間に湖が見え、天気がよければ夕日がとてもきれいに見えそうでした。南の海沿いには、海水浴場や宿泊施設などが集まっている街が見え、夜にはきらきらと美しい夜景が見られそうでした。

地上から一二〇〇メートルほどの高さに、チジン空中王国の島は浮かんでいました。ふわふわと浮かんでいるというよりは、空にしっかりと固定されているような感じでした。島の下側はがんじょうそうな岩盤になっていて、その真ん中近くに丸いカプセルのようなものが造られ、飛行ゴンドラは、そこから島に出入りするようになっていました。同じようなカプセルが、島の下側には五つありました。

また、島の下側にはいくつもの照明装置が取り付けられ、地上が暗くならないように照らしていました。

サジュエたちが乗った飛行ゴンドラは、静かにカプセルの入り口に入っていき、ゆっくりとたて向きのトンネルを上がっていきました。トンネルを出ると、たくさんの飛行ゴンドラが置かれた駐車場のような場所に着きました。

ゴンドラを降りると、モウダは、サジュエたちを案内して黄色い扉を通り抜けました。扉の反対側は、とても明るい場所で、大きな丸い形をしたホールになっていました。ホールのなかには、おみやげものを売る売店がたくさん並び、壁面には観光地やホテルの広告などが天井近くまではられていました。そこは、チジン空中王国を訪れる観光客のためのターミナルセンターでした。

　サジュエは、ホールの壁にある大きな広告が気になりました。チジン空中王国から緑に覆われた地上を見下ろした写真に、ホテルの建物の写真が重ねてあり、「目覚めたとき、あなたは鳥になる」という言葉が大きな文字で書いてありました。サジュエには、まるでその言葉が〝朱の書〟の本当の名前を、サジュエが思い出すことを予言しているように思えました。

　ホールの床には、中心から外側に向かって描かれた七本の矢印が伸びていて、どの方角に行けば目的の観光地に行けるかわかるようになっていました。でも、ホールにはほとんど観光客の姿は見られませんでした。邪導師がタイファン大陸支配の宣言をし、青空が奪われて、大陸のどこにも安全な場所がなくなってしまったのですから、旅行者がいなくなるのは当然でした。何千人もの人が入れそうなホールの中には、ネクタイを締めてスーツを着た、仕事で来たような会社員風の人が数人と、モウダと同じ軍服を着た兵士が一〇人ほど、そして売店の店員とそうじ係の人たちがいるだけでした。

「こんなにお客が減っちゃ、あの人たち、商売にならないよねえ……」

がらがらにすいているホールを見わたしながら、リンダがつぶやきました。

モウダは、「王宮」と描かれた北向きの矢印に沿って、すたすたと歩いていきました。出口を出て、左に曲がって少し歩くと、流線型《りゅうせんけい》をした自動車のような乗り物が、道路わきの駐車場所に三台並んでいました。この車にも、ルイジのグリフィン号と同じように車輪がついていませんでした。でも、グリフィン号には車輪を取りのぞいた跡のような車体のくぼみがあるのに、この車にはそれもなく、車輪で走ることのない乗り物のようでした。

モウダは、一番前に停まっている深緑色の車の後部ドアを開け、ルイジたちに乗るように言いました。この車には、ハンドルも、ギアを切りかえるシフトレバーもありませんでした。全員が乗り込んでドアを閉めると、モウダは腰にさげていた棒を抜き、普通はハンドルがある位置の穴に差し込みました。モウダが棒を少し右にひねると、車が一度ブルンと振動して始動し、静かに地面から浮き上がりました。モウダは、近くに車や人がいないか確認して車を発進させました。ホールの周りを囲んでいる屋根つき部分を出ると、車はまっすぐ飛び上がり、王宮に向かって飛んでいきました。

サジュエが見ていると、この車の運転はとても簡単そうに見えました。足元のペダルを踏むと車が地面から浮き上がり、車体に差し込んだ棒を前に倒すと前進、後ろに倒せば後退。倒し方が大きいほど、速度が出るようでした。右へ曲がるときは棒を右へ、左に曲がるときは棒を左へ倒せばいいのです。動かし方の微妙な加減《かげん》を覚えてしまえば、サジュエでも運転できるような気がしました。

車の窓からは、チジン空中王国の町並みがよく見えました。観光客が楽しめるように配慮された街には、美しい建物が並び、空から見てもきれいに見えるように工夫され、区画ごとに景観が統一されていました。街のあちこちに古い建物が保存されていて、街路樹などの緑も多く、大きな看板のような景観を乱すものはありませんでした。

ルイジが、サジュエに顔を近づけて、運転しているモウダに聞こえないように小さな声で言いました。

「いいか、これから会う国王は、お客さまだ。交渉はおれがするから、お前さんは何もしゃべるなよ。どんなに納得できねえことを言われても、絶対だまってろ。わかったな」

サジュエは、ルイジの眼を見て、小さくうなずきました。

すぐに、王宮の四つのとがった塔が見え、建物の全体が見えました。モウダが運転する車は、また道路まで高度を下げると、王宮の地下駐車場の入り口に滑り込んでいきました。王宮は、一部を観光客にも開放しているらしく、駐車場の中には「観光客用一般駐車場」と書かれた案内板がありました。モウダは、「一般観光客進入禁止」の駐車場に車を停めると、また棒を車から抜いて腰のさやに収め、サジュエたちを案内して階段を登っていきました。少し階段を登るとエレベーターホールがあり、国王の玉座の間《ぎょくざのま》に通じているエレベーターの扉の前には、背丈くらいの金属の棒を握ったふたりの兵士が立っていました。

ふたりの兵士は、モウダに敬礼をし、エレベーターの扉を開けました。サジュエたちが乗り込むとエレベーターは静かに昇り始め、すぐに玉座の間に着きました。エレベーターの扉が開くと、真正面に国王の玉座がありました。一〇〇メートルほども離れた玉座から、国王は「入れ」と呼びかけました。

玉座の左右には、国王の世話をする係の若い女の人がひとりずつ、いろいろな色の糸で織られた、ゆったりとしたチジン王国の民族衣装を着て立っていました。

玉座の間の分厚いじゅうたんの上を、サジュエたちは歩いていきました。鮮やかな色を効果的に配色してデザインされた玉座の間は、きらびやかでありながら上品で落ち着いた雰囲気が漂っていました。その中で、国王の服装だけが不自然に浮いていました。趣味の悪い国王の服装は、どこから見ても国王がそこにいることがわかるという利点はありましたが、それだけで玉座の間の上品な雰囲気を台無しにしていました。ルイジたちの、オレンジ色や赤でまとめた服装の方が、まだずっと上品に見えました。

丸々と太った色白の国王は、うずもれるように玉座に座ったまま、ルイジたちに声をかけました。それは、声変わりするころの男の子のような、高い声でした。

「苦しゅうない、近う寄れ。そのほう、〝盗み屋〟か」

「さようでございます。このたびは、国王陛下よりお召しをいただき、この〝盗み屋〟ルイジ、身に余る光栄と存じます。こちらにおりますのは、わたくしの相棒のリンダと、〝盗み屋〟見習いのサジュエにございます。どうか、お見知りおきを」

　ルイジは、国王の気に入りそうなあいさつを、すらすらとしゃべってみせました。えらそうなお金持ちのご機嫌をとる要領《ようりょう》を、ルイジはちゃんと心得ていました。リンダが、ルイジに合わせてうやうやしく頭を下げたので、サジュエも帽子を取っておじぎをしました。

　国王は、玉座の右側の女官が持っているかごからリンゴをひとつ取ると、丸のままかじりながら言いました。

「ふん、自己紹介など、よいわ。そのほうらには、朕《ちん》の〝界珠《かいじゅ》〟の指輪を盗み返してほしいのじゃ。指輪を盗んでいったのは、この国の王宮魔導師長を務めてきた、ゲンジュじゃ。どうせ、空からも見つからぬように、その辺にあるユアン人の地下の街にでももぐっておるのじゃろう。明日の正午までに見つけ出し、指輪を盗み返してまいれ。犯人のゲンジュも、生かしたまま捕えてまいれよ」

「犯人の居場所の見当がついているのなら、あの騎士団の人たちに……」

　そこまで言ったサジュエの頭を、いきなりルイジがたたきました。パアンという音が、静かな玉座の間に響きわたりました。ルイジは、サジュエの頭をむりやり下げさせて、自分も深々と頭を下げながら言いました。

「ばかもの、国王陛下に無礼だぞ！　陛下、社員教育が行き届かず、まことにもって申し訳ございません。どうか、この者の無礼をお許しくださいませ！」

「よい。朕は、気にはせぬ。それより、明日の正午までじゃ。しかと申し付けたぞ」

国王は、食べ終わったリンゴの芯をルイジたちの方に放りながら、けだるげにそう言いました。ルイジは、じゅうたんの上に落ちたリンゴの芯をちらりと見て、国王の顔を上目づかいで見ながら言いました。

「あのう、国王陛下……。お耳汚しな話で、大変恐縮ではございますが、手前どもはこれをなりわいとしておりますので……」

「なんじゃ、代金のことか。よい。そのほうの言い値で支払うゆえ、心配いたすな。人口三〇〇〇人の小国とはいえ、朕は一国の国王じゃ。そのほうごときがどれほど高値をふっかけても、驚きはせぬわ」

国王は、面倒くさそうにそう言って、立ち上がろうとしました。

「いえ、陛下。お代は、金銭ではなく、品物でいただきとうございます」

「なに、品物とな？」

国王は、ルイジの言葉に少し興味を持ったように、もう一度玉座に座りなおしました。それから、また右側の女官が持つかごに手を伸ばし、バナナを取って皮をむきながらルイジに聞きました。

「品物とは何じゃ。望みの物でもあるのか」

「お代には、〝翔鉄《しょうてつ》〟をいただきとうぞんじます」

「ふふん、そのほう、なかなかくわしいようだの。よかろう、指輪を盗み返し、犯人を捕えて帰ったなら、そのほうが望むだけの〝翔鉄〟を与えてとらす」

　国王は、バナナを食べて口をもごもごさせながら言いました。国王が、バナナを食べ終わったら立ち去ってしまうと考えて、ルイジはあわてて最後のお願いをしました。

「陛下、もしよろしければ、盗まれた指輪の写真と、犯人の顔写真をお貸しいただけますか。顔写真は、できれば表情のちがうものを三枚ほど……」

「あいわかった。用意させよう。それから、そのほうらの出入国許可証を作らせたゆえ、帰りには案内窓口に寄って受け取るがよい」

　国王は、食べ終わったバナナの皮を放ると、玉座から立ち上がりました。国王が投げたバナナの皮は、右側に立っている女官の顔に当たり、肩に引っかかりましたが、女官は表情を変えず身動きもせずにじっと立っていました。

　国王は、そばに立っている女官たちもルイジたちも気にかけず、出入国許可証を受け取る案内窓口がどこにあるのかも説明せずに、さっさと自分の部屋の方に歩いていってしまいました。歩き去る国王の姿が幕のかげにかくれて、ルイジたちから見えなくなったとき、ぶっと大きなおならの音が聞こえました。

　玉座の両側に立っていた女官たちは、国王が歩いていったのとは反対の方向に、静かに歩いていきました。

　サジュエが後ろをふり返ると、モウダがエレベーターの扉を開けて待っていました。ルイジたちは、仕方なく案内窓口の場所はモウダに聞くことにして、エレベーターに乗りました。モウダは、駐車場のある地下ではなく、地上階のボタンを押してエレベーターの扉を閉めました。

　エレベーターが止まると、モウダはルイジたちを王宮の正面出入り口まで案内して、城壁の正門に観光客用の案内窓口があるからそこに行くようにと言うと、ひとりで空中騎士団の詰め所に歩いていってしまいました。

「なんだよ、帰りも送ってくれるんじゃねえのかよ」

　ルイジは、出入り口の石の階段を下りながら、ぶつぶつ文句を言いました。

　王宮の出入り口から正門までは、広い庭園になっていて、植木や芝がきれいに刈り込まれ、何種類もの花が美しく咲かせてありました。そして庭園には、やはり観光客の姿はありませんでした。庭園の中央を通っているまっすぐな通路の、敷石の上を歩きながら、サジュエはルイジに聞きました。

「ねえ、ルイジ社長にいくつか質問があるんですが」

「その恐い顔を直したら、聞いてやるよ」

ルイジにそう言われて、サジュエは自分が不機嫌な顔をしているのに初めて気づきました。サジュエが思わずリンダの顔を見ると、リンダはサジュエの表情をおおげさにしたような顔をして見せました。

「いかんいかん、こんな顔してたら、しわになっちゃう！」

リンダがそう言って笑ったので、サジュエも笑うことができました。ルイジが「サジュエくんの質問を認めます」と言ったので、サジュエはもう一度聞きました。

「ねえ、兄貴はあんな言い方されて、腹が立たないの？　いくら王様でも、失礼なことは失礼だと思うけど」

ルイジは、サジュエの質問には直接答えずに、笑いながら言いました。

「あのなあ、サジュエ。〝盗み屋〟に仕事を依頼してくる連中には、共通点があるんだ。まず、金をたくさん持ってること。それから、警察には頼みたくねえ、あるいは頼めねえ事情があるってことだ。裏で何か悪どいことをやってる連中は、〝盗み屋〟に仕事を依頼する。そして高い代金を支払う。そういうのが、おれのお客なんだ。

だから、『なぜ』とか『どうして』って聞かねえのが、〝盗み屋〟としてのマナーだ。そういうことを警察とかに説明できねえから、おれんとこに仕事を持ってきてんだからな。

おれの客は、そんなふうだから礼儀知らずなやつなんか、ごろごろいるんだぞ。あんな白ブタみてえな王様なんか、かわいい方だよ。リンダなんか慣れっこだから、バナナの皮をぶつけられても平気で笑ってたと思うぞ、さっきのお付きのねえさんみてえにな」

「そんなときは、あとでルイジに八つ当たりするけどね」

リンダは、そう言って笑いました。

サジュエが次の質問をする前に、案内窓口に着いたので、三人は出入国許可証と写真を受け取ることにしました。窓口で渡された出入国許可証は、プラスティックのようなカードで、それぞれルイジ、リンダ、サジュエの名前が刻印されていました。

ルイジが頼んで用意されていた写真は、指輪と王宮魔導師長の写りの悪い写真が一枚ずつでした。ルイジの注文どおりではありませんでしたが、最初からそんなところだろうと思っていたルイジは、特に怒りもしませんでした。

王宮魔導師長の居場所がわかっていても、せっかく優秀な空中騎士団を持っていても逮捕させることができない事情があるから、国王はルイジに盗みを依頼したのでしょう。その役割を引き受けるだけで〝翔鉄〟をもらえるのですから、ルイジにとってこれは楽な仕事でした。

城壁の正門を通り抜けると、二〇メートルくらいの高さの石段になっていて、その下は小さな広場のようになっていました。

　石段の下には、王宮へ来るときにモウダが運転していたのと同じ型の、紺色の車が停まっていました。サジュエたちが石段を降りると、すぐにその車のドアが開いて、運転席に座っていた人が声をかけました。

「乗ってください、早く」

　サジュエたちが乗り込むと、車はすぐに発進しました。運転しているのは、モウダでも空中騎士団の兵士でもありませんでした。ゆったりとした紺色の服を着た、若い男の人でした。その男の人は、居酒屋やゲーム場が並ぶ繁華街を抜け、細く曲がりくねった道を通って車を走らせ、サジュエたちが最初に案内されて通った観光客用のターミナルセンターとは別の方角に向かっていました。

　商店街の細い道路を走りながら、男の人は言いました。

「ルイジ、リンダ、この国の問題に君たちを巻き込んでしまって、本当にすまない。でも、こんなことを頼めそうな相手を、君たち以外に思いつかなかったんだ」

「お前、ドゥーレンか？」

　ルイジが、後部座席から身を乗り出して、運転している男の人の顔をのぞき込みながら言いました。サジュエが「知ってる人なの？」とリンダに聞くと、ドゥーレンと呼ばれた男の人が説明してくれました。

「わたしの名前は、ドゥーレン。このチジン王国で、王宮魔導師として働いている。このルイジとリンダとは、ジュニア・ウイザーズ・カレッジでいっしょに魔法を勉強していたんだ」

「ぼくは、サジュエです。ちょっと事情があって、このふたりと旅をしてるんだ。〝盗み屋〟の見習いってことになってる。ねえ、ドゥーレンさん、ぼくは知りたいことがあるんだけど、あなたに聞いてもいい？」

ドゥーレンが笑ってうなずいたので、サジュエはルイジにしようと思っていた質問をドゥーレンにしました。

「さっき聞いた言葉なんだけど、〝翔鉄〟って何？　それから〝界珠〟っていうのも」

「それは、ルイジが言ったのかい？　それとも、うちの国王陛下？　困るなあ、できれば秘密にしておきたいことなのに……。いいだろう、サジュエくんがだれにも話さないと約束してくれるなら、教えてあげるよ」

サジュエは、片手を上げて「決して誰にも話しません」と約束しました。それで、ドゥーレンは仕方なく話しました。

「〝翔鉄〟というのは、魔法で作られる、空を飛ぶ金属のことだよ。魔法の力が加わると空を飛ぶ性質を持ってるんだ。〝翔鉄〟を作り出す魔法は、チジン王国の国王だけが代々受け継いできたんだ。だから、そんな金属があることを、たいていの人は知らない。まあ、魔導師には普通に知られてるけどね。この島に昇ってくるときに使うゴンドラにも、この車輪のない車にも〝翔鉄〟が使ってあって、多くの観光客の眼にふれているんだけど、みんな普通の飛行魔法だと思ってるだろう。

それから、〝界珠〟も同じように、チジン王国の国王だけが受け継ぐ魔法で作られる。青いロン石と赤いフェン石がひと組の対《つい》になった、宝石だよ。普通、〝界珠〟と呼ぶときは青と赤、ひと組のことを言うんだ。ひと組のロン石とフェン石は、それぞれ魔法の力で強くつながっていて、遠く離れていても反応し合う。たとえば、ロン石が割れたときには、フェン石もまったく同じ形に割れるんだ。案内窓口で出入国許可証をもらっただろう、そのカードの左肩の青い部分は、ロン石でできている。もう一方のフェン石もカードにしてあって、出入国管理事務所で保管してるんだよ」

「その石の性質を利用して、出入国者の動きがわかるようにしてあるんだな」

ポケットからカードを出して見ながら、ルイジが言いました。その言葉には答えずに、ドゥーレンは続けました。

「魔法のうまい人なら、〝界珠〟は通信機の代わりにも使えるんだよ。今は、そのカードでは通信はできないけどね。この車に、通信を妨害する魔法がかけてあるんだ」

ルイジが裏返したカードの裏側には、小さい文字でたくさんの注意書きがしてありました。そのなかに、「このカードは、魔導師などの方には、出入国管理事務所との通信用にもご利用いただけますが、緊急時の連絡以外のご使用はご遠慮ください」という項目がありました。

ルイジのカードの裏側を見ながら、サジュエはドゥーレンに聞きました。

「こんなカードの一部にも使えるってことは、〝界珠〟はひと組しか作れないものじゃないんだね。それなのに、どうして王様は〝界珠〟の指輪を盗み返せって言ったんだろう」

「国王の指輪は、特別なんだよ。ただの〝界珠〟の指輪ではない、たったひと組だけのものだ。悪いけど、これ以上は国の機密にあたるから言えないんだ」

ルイジが、カードをポケットにしまいながら、ドゥーレンに聞きました。

「なあ、さっき変なこと言ったよなあ。まるで、お前がおれたちをこの国に呼んだような言い方だったぞ。おれは、王様がおれを呼んでるって聞いて来たんだけどなあ」

「わたしが、国王が君を呼ぶように仕向けたんだ。今、この国は大変なことになろうとしてる。ルイジ、頼む。手を貸してくれ。この国を助けてくれ」

「それで、おれたちをどこに連れてくつもりなんだ？」

ドゥーレンは、不機嫌そうな顔で聞くルイジの顔を車内ミラーでちらりと見て、ぼそりと答えました。

「国王の指輪を盗み出した、ゲンジュ王宮魔導師長のところだ」

ドゥーレンが運転する車は、食料品などの流通に使われる出入国センターの建物に入り、一番左端の開いている出入国ゲートを通過して、チジン王国の島の下側までのトンネルを抜けると、そのまま空中に飛び出していきました。

九・脱出

サジュエたちは、ユアン人の地下の街にある、大きな道路に面した古本屋の前に立っていました。街は、あまりにぎわっているようではありませんでしたが、それでも、並んでいる店に出入りする人たちの中には、ユアン人ではない人の姿も見られました。

ドゥーレンは古本屋の店内に入り、中にかくれているゲンジュと話をしていました。ルイジは、ドゥーレンがもどってくるのを待つ間、店先で魔法の研究書などを立ち読みしていました。

サジュエは、道路を走ってくる大きな車に気づきました。それは、ルイジのグリフィン号でした。だれも運転していないグリフィン号は、静かに道路を走ってきて、古本屋のとなりにある小さな駐車場に入って止まりました。それを見て驚いているサジュエに、リンダが言いました。

「あのグリフィン号？　運転してなくても、魔法で動かせるんだよ。もしかしたら、仕事を断って帰ることになるかもしれないって思って、ルイジが呼んだんじゃないの」

「兄貴《あにき》、断っちゃうの？　だって、ドゥーレンさんって、兄貴とリンダのクラスメイトだったんでしょ？」

「うーん、わたしは、この状況をルイジがすごく疑ってると思うの。王様が、犯人だから捕まえてくれって言ってた人の側から、いいタイミングで声をかけてきて、それが元クラスメイトだから余計にね。だれかが自分をだまそうとしてるっていうか……、罠《わな》みたいなことを想像してるんじゃないかな」

サジュエとリンダが話していると、店の中からドゥーレンがもどってきて、ルイジたちに中へ入るように言いました。薄暗い店の中を通り、奥にある階段を下りて地下の倉庫に案内されると、その中には水色のシャツを着て紺色のズボンをはいた白髪まじりのおじいさんが、木のいすに腰かけて何か帳簿《ちょうぼ》をつけていました。ただの古本屋のおじいさんのように見える服装でしたが、はいているズボンはドゥーレンと同じ、王宮魔導師《まどうし》の制服でした。

黄色っぽい明かりで照らされたせまい倉庫の中には、売りものか捨てるものかわからない古本や古い地図などがたくさん放り込まれていて、かび臭いにおいが漂っていました。倉庫のすみには、そうじの道具やはしご、工具などもありました。そのおじいさんが腰かけているいすの前には、古本や帳簿などが積んである大きな木の机があって、同じような木のいすが三脚と、折りたたみのパイプいすが二脚置いてありました。

そのおじいさんは、入ってきたサジュエたちに気づくと、立ち上がって声をかけました。

「やあ、お待ちいたしておりました。どうぞ、おかけください」

サジュエたちがいすに腰をおろすと、そのおじいさんは指で空中にくるりと魔法の円を描き、呪文をとなえて人数分のお茶を机の上に出しました。

「わたくしは、チジン王国で王宮魔導師長を務めてまいりました、ゲンジュと申す者でございます。このたびは、わたくしたちの国のことに、あなたがたを巻き込んでしまいまして、本当に申し訳なく思っております」

そう言って深々と頭を下げるゲンジュを見て、サジュエは、とても王様の大切な物を盗み出すような人には見えないと思いました。ていねいな話し方も、品のいい身のこなしも、ゲンジュが芝居をしているのではなく、身についた自然なものだと感じられました。

「ふん、何か事情があるようだな」

ルイジがそう言うと、ゲンジュは肩を震わせながら言いました。

「く、国を売ってしまうような国王陛下には、もう、……もう耐えられなくなってしまったのでございます」

ひざの上で握りしめられたゲンジュのこぶしの上に、大粒の涙がぽたぽたと落ちました。ゲンジュは、そのまま肩を震わせていましたが、少し落ち着きをとりもどすと、また話を続けました。

「……失礼いたしました。あれは、三日前の朝のことでございました。観光開発コンサルタントなどと名乗る男が、チジン王国の王宮を訪れてきたのでございます。黒いスーツを着た、見たところ五〇歳くらいの男でございました。

その男は、国王陛下に島を動かすようにしてはどうかと、話を持ちかけたのでございます。あの邪導師《じゃどうし》がタイファン大陸の支配を宣言し、観光客がいなくなっては、観光を中心にして経済が成り立っているチジン王国は生き残れなくなるだろうと言うのでございます。そのためには、少しでも安全な地域に島を移動させたり、遊覧飛行のような売り物を作ったりして観光客を呼び込む経営努力をしなくてはならないと。それで、観光開発の専門家である自分が王国の島を動かしてやるから、動かすカギとなる国王陛下の〝界珠《かいじゅ》〟の指輪を貸してほしいと言うのでございます。

国王陛下がすぐに承諾《しょうだく》されまして、その男に指輪を貸そうとなさるので、わたくしはあわてて指輪を持ってチジンの王宮から逃げ出したのでございます」

ゲンジュのとなりに座っていたドゥーレンが、ゲンジュの話を引き継いで話しました。

「そのときに、王宮魔導師長どのはわたしに言われたんだ。『あの男は怪しい。国王陛下の〝界珠〟の指輪を渡してはならない』と」

「そのとき、黒服のおっさんはどうしたんだ。おとなしく帰ったのか？　そんな重要な指輪が見つからねえなんて言われたら、おれなら絶対うそだって考えるぞ」

ルイジが聞くと、ドゥーレンはうなずいて答えました。

「ああ、かなり疑っているような顔だった。こちらとしては、国王陛下の〝界珠〟の指輪がなくなったことを、あの男にさとられないように必死だったから、『やっぱり少し考えてから、貸すかどうか決めたい』と言ってごまかしたんだ。そうしたら、あの男は『五日後にまた来ますから、指輪をお貸しいただけるなら用意しておいてください』と言ったよ。

たしかに、王宮魔導師長どのが言われるように、怪しいんだ。国王陛下の〝界珠〟の指輪が島を動かすためのカギになることは、最重要国家機密だから、王宮に勤める者でさえほとんどの者が知らないのに、あの男は知っていたんだから。

それで、国王陛下にはないしょで、防犯カメラの録画映像からあの男の顔写真を作って、国際魔導師機構に問い合わせてみたんだ。そしたら、きのう答えが返ってきてね、邪導師の手下のペイワンである可能性が高いと言われたんだ。

そんなやつに国王陛下の〝界珠〟の指輪を渡してしまったら、チジン王国の島を爆弾のように使われて、どこかに落とされてしまうかもしれない。それとも、想像もできないもっと恐ろしいことが起こるかもしれない。だから、君たちに助けてもらおうと考えたんだ。君たちがこの近くを通るだろうと思ったからね」

「なんで、おれたちがこの近くを通るって知ってたんだよ」

ルイジがそう聞くと、ドゥーレンは少し得意そうな顔をして答えました。

「国際魔導師機構から回答の電話がかかってきたときに、後ろの方の声も少し聞こえたんだ。キアンナン地方のチュイ人の村がどうしたとか、〝盗み屋〟ルイジが西に向かって逃走したとか……」

「えっ、ちょっと兄貴、ぼくたちの居場所、国際魔導師機構にばれてるじゃない。魔法では追跡されないとか言ってたのに……」

サジュエが驚いてそう言うと、ルイジは平気な顔をして答えました。

「あのなあ、魔導師機構の捜査官もばかじゃねえんだ。お前さんのじいさまの家で魔《ま》方陣《ほうじん》を使ったから、その痕跡《こんせき》からおれたちだって気づくだろ。その後、すぐ近くのチュイ人の村があんなことになりゃ、調べに行くさ。チュイ人に聞き込みだってするだろ。その程度の情報は、知られて当然だ」

「だって、ぼくたちがチジン空中王国の人に見つけられたってことは、国際魔導師機構にも見つけられちゃうってことじゃない」

「まあな。ただ、ここでこうして予定外の寄り道をしてるから、魔導師機構の連中はおれたちの足どりを追えなくなった。正解っぽいだろ。おう、ドゥーレン、話の腰を折って悪かったな。続けてくれ」

「ああ。……それで、君たちがこの近くを通るだろうと考えて、悪いとは思ったんだけど、国王陛下に進言《しんげん》したんだ。

『犯人は、王宮内で国王陛下に次ぐ影響力を持つ王宮魔導師長ですし、空中騎士団長のおじにあたる人物ですから、空中騎士団では逮捕しにくいでしょう。わたしは、適任の人物を知っております』ってね。国王陛下は、ついでに世間体《せけんてい》もお考えになったんだろう、『盗み屋とやらに依頼すればマスコミにも騒がれずにすむ』とか言っておられた。

そのとき、わたしはあの男が邪導師の手下らしいという話も、国王陛下のお耳に入れたんだ。そしたら、国王陛下は何と言われたと思う？『それがどうした』と言われたんだ。……信じられなかったよ」

また涙を流しながら、ゲンジュが言いました。

「そ、その話を、このドゥーレンから聞いたときは、わたくしも、じ、自分の耳を疑いました……。

たしかに、シューゴン陛下は、良い国王ではございませんでした。第二王子として王位を継承《けいしょう》されたのは、第一王子である兄君のシューガイ殿下が突然ご乱心されたからで、怪しい疑惑のうわさが飛びました。

また、もともと海の上空にあったチジン王国の島をこの場所に動かされ、観光産業に力を入れるようにされたのはシューゴン陛下でございます。そのとき、何度も観光業者から汚いお金を受け取られたことも、わたくしはぞんじております。それでも、結果的には国民の生活が豊かになり、街も美しくなったのですから、それでもいいと思っておりました。

しかし、あの邪導師に国王陛下の〝界珠〟の指輪をお渡しになるということは、国を売ってご自身だけが助かろうとなさることでございます。そ、そのようなお方を、もはや国王とは、呼べません……」

ゲンジュは、またひざの上でこぶしを握りしめ、肩を震わせながら泣きました。倉庫の中に、ゲンジュの押し殺した泣き声だけが響きました。

またドゥーレンが、静かに口を開きました。

「なあルイジ、わたしたちはどうしたらいいと思う？　あの男が指定した、あさってまでに国王陛下の〝界珠〟の指輪を渡さなければ、おそらくチジン王国は邪導師の魔法で滅ぼされてしまうだろう。でも、もし渡しても、チジン王国の島を武器として使われれば、結局、国は滅んでしまう。わたしたちに生き残る方法はないんだろうか」

ルイジは、ドゥーレンの言葉には答えずに、ゲンジュの魔法で出された、冷めてしまったお茶をごくごくと飲みました。

ルイジは、まだ心の中ではゲンジュとドゥーレンを信用していませんでした。本当は国王の言うことが正しくて、このふたりは悪意で指輪を盗み出し、作り話と芝居でルイジたちをだまして、国王をおとしいれるのに利用しようとしているのかもしれないのです。

たしかに、今のシューゴン国王が一〇年ほど前にチジン王国の王位を受け継いだときには、兄のシューガイ第一王子夫妻が突然心の病気にかかったり、シューガイ第一王子の子どもが誘拐《ゆうかい》されたりと、シューゴンの陰謀《いんぼう》ではないかと疑われる事件が続いたことは、何度もニュースで流されていたのでルイジも覚えていました。実際に会ったシューゴン国王も、決していい国王とは言えない人物でした。

それでもルイジには、国王側とゲンジュの側のどちらが本当に正しいのか、そして自分がどうすればいいのかを決める、決定的な手がかりがありませんでした。

うつむいたまま、ゲンジュが小さな声で「もう、王国と運命をともにするしかない……」とつぶやきました。リンダは、何か冗談《じょうだん》でも言ってゲンジュをはげましてあげたいと考えていました。でも、長い間信じて、人生の大半をささげてきたものが、完全にくずれ去ってしまった人にかけてあげる言葉は、リンダには何も思い浮かびませんでした。

「……あれ？　どうして王国と運命をともにしなきゃ、いけないの？」

いきなりサジュエが上げた声に、全員が顔を上げました。

「ねえ、チジン空中王国の人たちがみんな島から避難していたら、邪導師が攻撃してきても恐くないいんじゃない？　そしたら、王様の指輪を渡さなくてもいいよね」

サジュエの言葉に、ドゥーレンがあわてて反論しました。

「しかし、それでは国が滅んでしまうじゃないか。指輪を渡さなければ、たしかに島が地上に落とされたりする心配はないと思うけど、もう二度と人が住めない状態になってしまうかもしれない」

「でも、生きていれば、また国を作り直せるかもしれないでしょ」

そう言ったサジュエの背中を、リンダがパアンとたたきました。サジュエが「痛いなあ」と文句を言いましたが、リンダは笑ってドゥーレンたちに言いました。

「そうだよ。一番大切なことは、生きてることだもん。生きてたら、国なんか滅んでも、どこにだってまた作り直せるじゃない。国民全員が空の島から避難して、邪導師に指輪を渡すこともしない。それしかないいんじゃない」

「おい、待てよ。それじゃ、お代の〝翔鉄《しょうてつ》〟がいただけねえじゃねえか。商売と関係ねえ方に話を進めんなよ」

　不機嫌な顔でルイジが言うのを聞いて、ドゥーレンが言いました。

「なるほど。それじゃあ、交渉しようじゃないか。ルイジ、君がわたしたちに協力してくれるなら、望むだけの〝翔鉄〟をあげよう」

「どういうことだよ。お前が〝翔鉄〟を作るっていうのか。それじゃ、さっきと話がちがうじゃねえか。〝翔鉄〟を作る魔法は、国王だけしか知らねえんじゃなかったのか?」

「さっきのは、表向き《おもてむ》の話だ。たてまえだよ。考えてもみろよ。国王ともなると、命をねらわれることだってある。もし、急に暗殺されたりしたら、国王陛下だけが知る魔法はとだえてしまうじゃないか。だから、チジン王国ではいざというときのために、その魔法を伝える者がもうひとり用意されているんだ」

「それが、王宮魔導師長ってわけか」

「そう。先代の国王陛下は急病で亡くなられたから、今のシューゴン国王陛下は魔法を継承する時間がなかった。だから、このゲンジュ王宮魔導師長がお教えしたんだ。シューゴン陛下は、魔法が少々苦手でいらっしゃるけどね」

「つまり、この王宮魔導師長のおとっつぁんにお願いすりゃ、〝翔鉄〟は手に入るってことかよ」

「言ってては悪いけど、国王陛下にお願いするより質のいいものが手に入る」

「なあ、ドゥーレン。おれは、お前の国でだれが悪くてだれが正しいかなんて、どうでもいいんだ。仕事で来てるんだから、お代がかせげりゃそれでいいんだよ」

「つまり、代金の〝翔鉄〟を支払える者を信用するってことだな。王宮魔導師長どの、お願いできますか？」

ドゥーレンが声をかけると、ゲンジュは少し笑って言いました。

「ええ、いいですよ。代金の前払いですね」

「それなら、普通の鉄を〝翔鉄〟に変えることはできるのか？　おれの車を、この店の駐車場に持ってきてあるんだけど、その金属部分を〝翔鉄〟に変えるのは？」

ルイジが聞くと、ゲンジュはにっこり笑って立ち上がりながら言いました。

「〝翔鉄〟というのは、普通の金属を魔法で作り変えたものなのでございます。わが王国の空中騎士団が身に着けます鎧《よろい》も、武器として装備しております〝翔鉄棍《しょうてつこん》〟も、ただの鉄製品を〝翔鉄〟に変えたものでございます。

〝翔鉄〟にしたいものがおありでしたら話が早い。今すぐ作り変えてさし上げましょう」

すたすたと階段を上がっていくゲンジュについて、サジュエたちも倉庫を出ました。ゲンジュは、店の駐車場に出ると、大きなグリフィン号を感心しながらながめました。それから、ルイジの注文に従って、車の外装やエンジンなどの金属部分を〝翔鉄〟に変えて見せました。それは、あっけないほど簡単で、しかも、見た目には何も変わったようには見えませんでした。

　ゲンジュは、ルイジに向かって〝床に落ちたトランプのカードを拾うような感じ〟で、車にそっと魔法をかけてみるように言いました。ルイジの代わりにリンダが魔法をかけると、グリフィン号はとても簡単にふわりと浮き上がりました。浮き上がった車にさわったルイジにも、ほんのわずかな魔法の力が、大きなグリフィン号の重さを打ち消していることがわかりました。

　もともと、車そのものがルイなので、機械の配線などを少しいじれば、グリフィン号をとても性能のいい〝空を飛ぶ車〟に改造することができそうでした。ルイジは、満足そうに笑いながら言いました。

「よし、お代はたしかにいただいた。あんたたちに協力する。さあ、打ち合わせだ」

　ルイジたちは、また古本屋の地下の倉庫にもどり、チジン空中王国の国民すべてを脱出させる作戦を考えました。

　またゲンジュが魔法で出してくれたお茶を飲みながら、ルイジが言いました。

「まず、王様に気づかれる前に全国民の脱出をすましちまいてえ。あのぶーちゃんが騒ぐと、面倒なことになりそうだからな」

　ルイジがシューゴン国王を「ぶーちゃん」と呼んだので、リンダとサジュエが笑いました。ドゥーレンも思わず笑いそうになりましたが、ゲンジュは笑いませんでした。

ルイジは、周りの反応にはあまり関心を示さずに話を続けました。

「それから、空中騎士団も味方につけてえな。空中騎士団に協力してもらって、明日の夜明けまでに三〇〇〇人の国民の脱出を完了させちまうっていうのは、どうだろう」

ドゥーレンが、答えて言いました。

「ゲンジュ王宮魔導師長が、モウダ空中騎士団長に直接話をされれば、おそらく空中騎士団は味方につけることができる。昼間のうちに、空中騎士団から国民に脱出の連絡を伝えて、夜の間に空中騎士団の協力を受けて全国民脱出だ」

「しかし、今日の今夜で、そう簡単に全部の国民が脱出に応じるかな」

ルイジが考え込みながらそう言うと、ゲンジュが言いました。

「ルイジさま、わたくしたちチジン王国の住民は、空で暮らす生活を選択した者でございます。地上の生活では普通はありえない、〝落下〟の危険を常に意識して暮らしておりますから、空中騎士団から避難の連絡があれば、避難しない者などおりません。ご心配なく。

ただ、国王陛下はあれでいて、なかなか勘の良いお方でございますから、夜間でもお気づきになられはしないかということが、わたくしは気にかかります」

「それじゃ、王宮に忍び込んで、ぶーちゃんに睡眠薬でも飲ませとこう。〝国王陛下はふろ上がりにワインを飲まれる〟とか、使えそうな生活習慣でもないかな」

ルイジがそう言うと、少し笑いながらドゥーレンが答えました。

「国王陛下は、起きている間はほとんど常に、何かを食べておられる。食べ物に睡眠薬を仕込むなんて、手から放した物を地面に落下させるくらいに簡単だよ。でも、もしかしたら、睡眠薬の成分まで消化してしまわれるかもしれないな。なにしろじょうぶな胃袋をお持ちだから」

「なるほど、頼もしくも情けねえ国王陛下だな」

ルイジが、困ったような顔を作って言いました。

「そうだ、今から空中騎士団長に話をつけに行くか。王宮魔導師長のおとっつぁんが兵士に捕まると面倒だから、忍び込んだ方がいいよな。急ごう。国民全部に連絡するとなると、かなり時間がかかるだろ」

急に思いついたようにそう言って、ルイジが立ち上がろうとすると、ドゥーレンが笑って言いました。

「空中騎士団の兵士は、約六〇〇〇人いるんだ。あわてなくても、一時間もあれば、全国民に連絡できると思う」

「へえ、チジン空中王国って観光の国だと思ってたけど、国民の五分の一が兵士なんて、実は軍事大国なんだねえ」

リンダがそう言って笑いました。ルイジは、立ち上がって言いました。

「よし、おれはこれから王宮に忍び込む。おとっつぁん、行こうぜ。さっさと空中騎士団に話をつけて、夜明けまでに国民全員脱出だ」

地上ではもう日没の時刻になり、邪導師の魔法の雲で覆われた空は、東からだんだん暗くなっていきました。ドゥーレンが運転するチジン王国の車は、ユアン人の街を出て、再びチジン王国の島に向かって飛んでいきました。

ドゥーレンの運転する車に乗っているのは、運転手のドゥーレンを入れて三人だけでした。車の中でルイジは、ポケットにいろいろとつめ込んできたルイの点検をしていました。後部座席でルイジのとなりに座ったゲンジュは、まだ少し不安そうな顔をしながら、ルイジの作業をただ見ていました。

ドゥーレンは、また流通用の出入国ゲートからチジン王国に入りました。ルイジに言われるまま、なるべく目立たないような道を選んで王宮に向かいました。

「お前さあ、本当に王宮ではこのおとっつぁんの味方だってバレてねえよな」

ルイジが、運転しているドゥーレンの横にいきなり顔を突き出して言いました。少し驚いたものの、落ち着いて運転を続けながらドゥーレンは答えました。

「ああ、ばれてはいないはずだ。言葉や態度に出ないように、細かいことまで注意してきたつもりだ」

ルイジは、また座席に倒れ込みながら言いました。

「えー？　心配だなあ。ドゥーレンくんは、文化祭の劇の演技が最悪だったからなあ。まあ、いいだろ。あのな、ドゥーレン。王宮の近くに、一時間くらい車を停めといても、だれも気にしないような場所はあるか？　どこか見つくろって停めてくれよ」

「かしこまりました。それにしても、ドクター・ルイジが演技にもおくわしいとは、知りませんでしたよ」

ドゥーレンは、そう言い返して笑いました。ルイジは、不機嫌そうに鼻で「ふん」とだけ答えました。もしもサジュエがいっしょにいたら、学生時代のあだ名を持ち出したドゥーレンに、猛然《もうぜん》と反撃していたはずでした。

王宮の近くまで来ると、ドゥーレンは商店街の裏手の細い路地に車を進め、チジン空中王国の伝統的なお菓子を作って売っている古い店の駐車場に入りました。ドゥーレンは、駐車場の一番奥の薄暗い場所に車を停め、ルイジに聞きました。

「さあ、君の注文どおり、目立たない場所に車を停めたぞ。どうすればいいのか、説明してくれ」

ルイジは、ゲンジュとドゥーレンに銀色のペンを渡しながら、説明を始めました。

「これから、おとっつぁんとドゥーレンの〝見た目〟を入れかえる。つまり、おれといっしょに王宮に行くおとっつぁんを、ドゥーレンに見せかけるわけだ。このペンは、そのためのルイ、〝サーフィス・チェンジャー〟だ。ただ、注意しといてほしいのは、こいつは電波で姿と声を飛ばして〝見た目〟を入れかえる仕組みだから、ふたりの距離が離れると効果がなくなるってことだ。建物なんかの障害物の条件にもよるが、まあ二キロくらいが限界だな。

おれとおとっつぁんは、これから王宮に行ってくる。見た目を入れかえとけば、王宮の連中には、ドゥーレンが〝盗み屋〟を案内してるようにしか見えねえはずだ。その代わりドゥーレン、お前の姿がゲンジュおとっつぁんに見えるから、知ってる者に見られねえように注意しといてもらいてえんだ」

ゲンジュとドゥーレンが、ルイジに渡されたサーフィス・チェンジャーを胸のポケットに差してスイッチを入れると、ゲンジュの姿がドゥーレンに、ドゥーレンの姿がゲンジュに変わりました。話す声も入れかわって聞こえましたが、言葉づかいまでは変わりませんでした。

ルイジと、ドゥーレンの姿になったゲンジュは、車を降りると王宮へ急ぎ足で歩いていきました。ゲンジュの姿で車に残ったドゥーレンは、顔を見られないように新聞紙をかぶって昼寝しているふりをすることにしました。

細い路地を一本抜けると、王宮前の広場に出ました。ルイジは、〝界珠〟を仕込んだ出入国許可証カードで会話を聞かれていてもいいように、車を降りてからはドゥーレンに話しかけるような話し方でゲンジュと話しました。もっとも、ルイジは相手がだれでも敬語を使ったりすることがあまりないので、話し方はほとんど同じなのですが。

　城壁の正門にある案内窓口の前を通っても、王宮の中に入っても、だれもルイジたちに関心を示しませんでした。

　ゲンジュは、一列に並んで通路を歩いてきた空中騎士団の兵士たちを呼び止め、モウダ空中騎士団長がどこにいるか聞きました。一番前にいた兵士が、騎士団長の執務室にいると答えました。ルイジもゲンジュも、話し方でばれはしないかと緊張していましたが、兵士たちは、そのドゥーレンの話し方がていねいすぎることには気づきませんでした。

　そのとき、ドゥーレンの姿が水に映った影のようにゆれました。今度は、兵士たちの全員がその異常に気づきました。兵士たちは、驚いた顔でドゥーレンの顔を見つめました。ドゥーレンの姿がもう一度ゆれた瞬間、正面入り口の方でパーンという銃《じゅう》声《せい》のような音がしました。

　兵士たちは、音のした方へ急いで走っていきました。ルイジがとっさに、銃声のような音を出すルイを正面入り口の方に飛ばしたのでした。

　ゲンジュの姿が、元にもどろうとしていました。サーフィス・チェンジャーの効果の範囲外に出てしまっていたのです。ルイジが注意しておいたので、ドゥーレンが気づいて王宮に少し近づいてくれれば、見た目を入れかえる効果がもどるはずでした。でも、空中騎士団長の部屋に向かううちに、ゲンジュの姿は完全に元にもどってしまいました。

「ドゥーレンのやろう、寝てやがんじゃねえのか？」

ルイジは、小さな声で文句を言いました。それでも、ルイジとゲンジュは、だれにも気づかれずに空中騎士団長の部屋に入ることができました。書類に眼を通していたモウダは、いきなり入ってきたふたりに驚いて立ち上がりました。

モウダもゲンジュも、何も言うことができず、ただ立ったまま互いに見つめ合っていました。ルイジが、そんなふたりの様子にいらいらしながら言いました。

「何やってんだよ、おとっつぁん、早く話せよ。空中騎士団長、あんたも『何をしに来たのだ』とかなんとか言えばいいじゃねえかよ」

ルイジの言葉でわれに返ったゲンジュは、自分が国王の〝界珠〟の指輪を盗んだ事情を、ていねいに言葉を選びながら説明しました。モウダは、おじである王宮魔導師長の言葉を疑いはしませんでしたが、それでも国王が国を邪導師に売ろうとしているということも、すぐには信じられないようでした。

いつまでたっても話が進まないことに、またルイジがいらいらして言いました。

「なあ、空中騎士団長。あんたが王様を信じたいってんなら、それでもいいよ。だけどな、チジン空中王国に住む国民の安全を守ることも、あんたら空中騎士団の仕事だろ？　やばいやつが来て、この国を攻撃するかもしれねえって情報が入ってんだ。国民を守るためだろ、さっさと仕事しろよ」

「そうです。国王陛下の〝界珠〟の指輪を盗んだわたくしの罪《つみ》は、国民の安全が確保されたなら、チジン王国の法律でさばいていただいてけっこうです。ですから、早く全国民の避難を部下に命令してください」

ゲンジュがそう言うと、うつむいて考え込んでいたモウダは、顔を上げました。

「承知いたした。ただちに全国民の避難の準備を開始いたします」

モウダはそう言うと、自分の部下である空中騎士団の隊長たちを集め、夜のうちに全国民をチジン空中王国の島から脱出させるよう指示しました。

その様子を見ていたルイジが、立ち上がって言いました。

「よし、空中騎士団長、おれたちはひとまず帰る。夜になったら、王様にはおとなしく寝ててもらいてえから、寝かしにもう一度おじゃまする。そのときは、またよろしく頼むな」

「きさま、空中騎士団長どのに対して、何という口のきき方だ！　いい大人が、礼儀を知らんのか！」

口の悪いルイジに、空中騎士団の隊長のひとりがどなりました。騎士団長の執務室に入ってきたときから、派手《はで》な服を着たオレンジ色の髪の男が、えらそうに座っているのが気に入らなかったのです。

「気にさわったんなら、あやまるよ。おれは、がきのときに大人だったから、その分、大人になってからがきになっちまってんだ。おれなりに礼儀は心得てるつもりなんだけど、一般のみなさんにはちょっとわかりにくい作法なんだよなあ」

ルイジは、自分をどなりつけた隊長を見て「きひひひっ」と笑いながら、悪びれもせずにそう言うと、騎士団長の部屋を出ていきました。

部屋を出ると、ルイジはゲンジュに「トイレに行ってくる」と言って姿を消しました。ゲンジュは、事情を知らない王宮のだれかに顔を見られては困ると思い、壁にはりつくように顔をかくして待っていました。ゲンジュが、永遠にこのままなのではないかと思って待っていると、ルイジが「あのトイレ、きれいすぎて使えねえよ」と文句を言いながら帰ってきました。

ルイジとゲンジュが急いで王宮の建物を出ると、サーフィス・チェンジャーの効果がもどって、ゲンジュの姿がドゥーレンに変わりました。ルイジが、「ここで待ってもらえば、よかったかな」と言って笑いました。ふたりは、急いでドゥーレンの車にもどり、サジュエたちが待つ地下の街の古本屋に帰りました。

空中騎士団の兵士たちはすばやく動いて、国民が夜のうちに島から避難するための計画を立て、チジン空中王国のすべての人たちに避難のことを伝えました。

国民の避難は、国王がベッドに入る夜九時を待って始められました。空中騎士団が持っているすべての車と、出入国用の飛行ゴンドラのすべてを使って、チジン空中王国の人たちは次々と地上に降りていきました。

ルイジは、リンダとサジュエといっしょに、移動用の魔方陣を使ってチジン王国の王宮に入りました。初めてサジュエと会った日に使ったものと同じ魔方陣でした。ゲンジュとといっしょにモウダを説得しにきたとき、トイレに魔方陣を置いておいたのです。

ルイジが紙で作る瞬間移動用の魔方陣は、出発地点と到着地点の両方に、開いた状態で置かなくては使えないものです。出発地点用と到着地点用とが決まっているので、一方向にしか移動はできません。一回使うと、魔方陣は燃えて消えてしまいます。出発地点用の魔方陣の上に立って、ルイジの決めた呪文を魔導師が唱えないと作動しないように作ってあり、魔導師でも呪文を知らなければ使うことはできません。

ルイジも魔導師ですから、呪文を唱えればこの魔方陣を使うことができますが、いつもリンダに唱えさせて自分では唱えませんでした。それは、ルイジが自分のことを魔導師ではなく魔具工《まぐこう》だと考えているからでした。

ルイジたちが着いたときには、チジン空中王国の王宮にはもう国王以外の人はいませんでした。空中騎士団の兵士たちはもちろん、王宮魔導師たちも、全国民の避難を手伝うために出払っていたのです。国民の避難が終われば、空中騎士団や王宮魔導師たちも地上に降りて、王宮にはもどらない予定でした。

邪導師に国を売ろうとした国王シューゴンは、国民たちから見放されたのでした。

ルイジたちが国王の寝室に入ると、もう国王はベッドの上で、ぐうぐうと大きないびきをかきながら眠っていました。ベッドの上には、かじりかけのドーナツとまんが雑誌が転がっていました。目覚めるときには、空に浮かんだこの島には自分だけしか残っていないということも知らず、国王は大きなおなかを出して気持ちよさそうに眠っていました。

「さてと、このぶーちゃんをどうしようかな」

国王の大きなおなかを見ながら、ルイジが言いました。リンダは、国王のおなかを見ないようにしながら答えました。

「王様が目を覚ますまで、だれもこの寝室に出入りできないようにしたら？　空中騎士団も王宮魔導師もいなくなっちゃったんだから、寝てる間くらい侵入者から守ってやってもいいんじゃない。まあ、今のこの国に侵入者が入ってくるとは思えないけどね」

ルイジは、リンダの提案に賛成し、だれも寝室に出入りできないようにする準備に取りかかりました。サジュエに手伝わせて照明器具や衣装だんすを移動させたり、持ってきた小さなルイを部屋のあちこちに置いたりして、ルイジは寝室全体をルイにしようとしていました。最後に、国王の目覚まし時計を朝六時に鳴るようにセットして、ルイジたちは寝室の外に出ました。

部屋の外から、リンダが仕上げの魔法をかけ、寝室全体をひとつながりの回路のようなルイに作り上げました。朝六時に目覚まし時計が鳴って国王が目を覚ますと、ルイジのしかけた小さなルイが煙になって消え、元の寝室にもどるようにしました。それまでは、もうだれも国王の寝室に出入りできないのです。

ルイジは、もう一度この王宮に来ることがあるかもしれないと言って、玉座《ぎょくざ》の間《ま》の目立たないところに魔方陣を置いて帰りました。

古本屋がある地下の街へ戻ってみると、チジン空中王国の島から脱出してきた人たちが何人か、大きな荷物を持って歩いていましたが、あまり人数は多くありませんでした。大半の人たちは、島の下にあたる場所を離れて遠くに行こうとしていたからです。

ルイジたちが古本屋の地下倉庫にもどると、ゲンジュとドゥーレンが待っていました。ゲンジュは、ルイジたちの姿を見ると「お疲れさまでした」と言って立ち上がり、また魔法でお茶を出しました。

ルイジたちが腰かけると、ゲンジュはポケットから小さな黒いびろうどの箱を出して、机の上に置きました。ゲンジュは、その箱をリンダの前に差し出すと、開けるように言いました。箱の中には、二個の指輪が入っていました。指輪にはそれぞれ、同じ大きさの青い宝石と赤い宝石が埋め込まれていました。それは、ゲンジュがチジン空中王国から持ち出した、国王の〝界珠〟の指輪でした。

「あ、かわいい」

リンダは、そう言うと、赤い宝石の方の指輪を手に取って見ました。その様子を見ながら、ゲンジュがさびしそうに言いました。

「そうですね。お若い女性の方が飾りとして身に着けられるのには、形がすっきりしていていいのかもしれませんね。でも、チジン王国の国王の指輪としては、あまりにも石が小さいのでございます。

チジン王国の王家に代々伝わるしきたりで、国王が代わると新しい国王が、島を制御するための特別な指輪を新しく作り直すことになっております。その指輪は、シュ－ゴン国王陛下がお作りになったものでございますが、それ以上大きいものをお作りになれないようなのでございます。おそらく、チジン王国の歴史の中で最も小さいものでございましょう。

その指輪は、あなたがたにさし上げます。どうぞ、お持ちください」

ゲンジュの言葉に、ドゥーレンが驚いて言いました。

「よろしいのですか？　もちろん、このルイジたちが指輪を悪用して、チジン王国の島を動かしたりはしないでしょうが……」

「そんなことをなさっても、なんのもうけにもなりませんからね」

ゲンジュが、ルイジの顔を見ながら笑って言いました。

「もしも、チジン王国がいつか再建されるときが来るのであれば、この指輪も、そしてヤンリ殿下も、いずれ運命に導かれてわたくしたちのもとへ帰ってきてくださるでしょう。わたくしは、その日を信じて待つことにいたします」

「ヤンリ殿下？」

サジュエが聞くと、ゲンジュが教えてくれました。

「ヤンリ殿下は、シューゴン陛下の兄君であられたシューガイ殿下のお子でございます。一〇年前の、シューゴン陛下の王位継承にまつわる一連の騒ぎのとき、わたくしがさる高名な魔導師の方にお願いして、王宮から救い出していただいたのでございます。あのときは、王宮の中が混乱しておりましたから、殿下が誘拐にあわれたということにしても、だれも疑いは持ちませんでした。ご両親であるシューガイ殿下ご夫妻があのような心の病にかかられ、シューゴン陛下が国王として王宮に住まわれれば、いずれヤンリ殿下のおん身にも危険がおよぶのではないかと案じてのことでございました。

　ご無事であられれば、今年で一二歳になられます。ヤンリ殿下は、シューゴン陛下の後ただひとりの、チジン王国の正当な王位継承者でございます」

「ぼくと同じ年だ」

　サジュエがそう言うと、ルイジが「それなら、お前さんがその殿下だってことにして、王位を継《つ》いじまえ」と言ってからかいました。ゲンジュが笑って、帳簿の裏表紙に鉛筆を走らせながら言いました。

「ヤンリ殿下は、お父君のシューガイ殿下がお作りになられた〝界珠〟をお持ちのはずでございます。練習でお作りになられたものでございますが、王家の紋章を簡略化したこのような模様を彫り込んだ、とても美しいものでございます」

　そう言ってゲンジュが描いた「S」のような模様を、サジュエはどこかで見たような気がしました。でも、それをどこでいつ見たのかは思い出せませんでした。

　ルイジが、立ち上がって笑いながら言いました。

「よし、サジュエ。すべてが片づいたらお前さんは、自分のクラスの名簿あたりから調べていって、そのヤンリ殿下を探し出しとけ。

　おとっつぁん、ドゥーレン、おれたちはこれで失礼する。もう、おれたちのすることもなさそうだし、もともと急ぐ旅なんでな」

ゲンジュは、せめてここで眠って体を休めるようにと勧《すす》めましたが、ルイジは聞かずに出発しました。ユアン人の地下の街からは、南の海岸道路までまっすぐ続く道路があったので、一時間半ほどで海岸へもどることができました。

ルイジは、サジュエとリンダに眠っておくように言うと、また西のクンガンに向かってグリフィン号を走らせました。夜中に一回だけリンダと運転を交代して仮眠をとりましたが、ルイジはほとんど車を止めずに砂浜を走り続けました。

はてしなく続くように思えた砂浜は、だんだん岩が多くなり、幅もせまくなってきました。小さな岬《みさき》を回りこむところで、グリフィン号は砂浜から海岸道路に移って走りました。ずっと、道路以外には人の作ったものが見えない景色が続いていましたが、東の空が白み始めるころには看板などが増えてきて、街が近いことがわかりました。

サジュエが目を覚ましたとき、窓の外は真っ暗でした。サジュエは、まだ夜なのかと思いましたが、窓の外を一定の間隔《かんかく》で明かりが流れていくのを見て、グリフィン号がトンネルの中を走っているのがわかりました。

グリフィン号は、長いトンネルの中を走りながら、規則的に振動していました。森の中や砂浜を走っていたときは、魔法の力で地面から浮き上がりながら走っていたので振動などなかったのです。

「ねえ兄貴、車輪で走ってるの？」

サジュエが聞くと、ルイジは口元だけ少し笑いながら、あごをしゃくって前の方を指しました。前の方には小さなふたつの明かりが見えました。明かりはだんだん大きくなり、一台の白い乗用車になり、グリフィン号とすれちがって消えていきました。

「ときどきほかの車とすれちがうようになったから、車輪を出したんだ。ただでさえ、ワゴン車のくせにトラックほどもでかくて目立つのに、車輪なしで走ってたらどう考えても怪しいだろ」

やがて、トンネルの出口が見えてきました。トンネルを出て最初にサジュエの眼に飛び込んできたのは、緑に輝く小高い丘でした。その丘を回り込むように道路が走っていて、道路の右には草花のしげった丘が、左側には朝日を反射して輝く青い海が広がっていました。景色がとても気持ちよかったので、サジュエとリンダはグリフィン号の窓を開けて、外の空気を思いきり吸い込みました。

ルイジが、ぼそりと言いました。

「おい、なんでここは晴れてんだ？」

ルイジにそう言われて、サジュエとリンダははっとしました。いまのタイファン大陸では〝晴れている〟ということは、とても異常なことなのです。〝蒼《あお》の書〟を手に入れた邪導師が帝国による支配を宣言したときから、この大陸の空は厚い雲に覆われてしまったのですから。

「たまたまバオファンのやろうが、こんなとこまでタイファン大陸が続いてるとは知らなかったのか、それともだれかが、やつの魔法をはじき返してるのか……。今はまだ、おれたちにとっていいことなのか悪いことなのかもわからねえ」

ルイジがそう言うと、リンダが笑って言いました。

「いいのか悪いのかわかんないなら、悪いって結論が出るまでは楽しんどいた方がいいじゃない」

草花がしげる丘の向こうに、小さく白いものが見えてきました。それは、クンガンの街でした。街は少しずつ少しずつ近づいてきて、朝日を受けて金色に輝いて見えました。

サジュエたちがクンガンの街に入ったころには、もう昼近くになっていました。港があるクンガンでは、街の真ん中を大きな道が南北に貫いていましたが、そのほかの道は細く曲がりくねっていて、入り組んだ町並みになっていました。

ルイジは、海沿いの薄暗い道を通ってグリフィン号を走らせました。道のところどころには、漁船で使う網が干してあったり干物を作る木の枠が立ててあったりして、道幅が実際よりも細くなっていたので、大きなグリフィン号は防波堤《ぼうはてい》で車体をこすらないように、人が歩くくらいの速度しか出せませんでした。それに、ときにはグリフィン号を止めて、道に出してあるごみ箱をどけたり、道の真ん中で寝ている猫を追い払ったりしなくてはなりませんでした。

　サジュエたちが港にたどり着いて、小さな造船所の横にグリフィン号を停めたときには、太陽はほぼ真上に昇っていました。

「さあサジュエ、着いたぞ。ここに、おれの知り合いの魔具工が住んでるんだ。おれのじいさんの弟子だった、ペンシャっていうおやじだよ」

　ルイジが、そう言いながら最初にグリフィン号を降りました。リンダとサジュエが、ルイジの後ろについて造船所に入っていくと、青いつなぎの作業服を着た男の人がひとり、工房の床をほうきではいているところでした。

　ルイジが大きな声で、男の人を呼びました。

「よう、おやっさん。ひさしぶり」

　男の人はそうじの手を止め、銀ぶちの眼鏡《めがね》を上げながら眉間《みけん》にしわを寄せてルイジの顔をじっと見つめました。

「おう、おめえ、ルイジか」

　ルイジが「そうだよ」と言いながら近づいていくと、男の人はいきなりほうきでルイジの頭をはたいてどなりました。

「ルイジ、なんだそのかっこは！　おめえ、いったい何になっちまったんだ！　おめえのじいさまは、そんなパン屋の看板みてえにするためにおめえを育てなすったんじゃねえぞ!」

「ちがうって! これは、そのじいちゃんに教わったルイだよ。ちょっと、今は訳ありなんだ。いきなり、人の頭をどろぼう猫みてえになぐるなよ」

それを見て、リンダが大きな声で笑い出したので、ふたりは勢いをそがれて動きを止めました。その男の人が、ルイジのおじいさんの弟子だった魔具工のペンシャでした。ペンシャは、オレンジ色や赤の服を着てオレンジ色の髪をした、〝盗み屋〟のルイジの姿を見るのは初めてだったのです。

リンダが間に入って事情を話したので、ペンシャの工房に泊まって休ませてもらえることになりました。リンダが説明をしている間にも、〝盗み屋〟の仕事の話や危ない目にあった話になると、ペンシャは何度もルイジの頭をたたきました。口より先に手が出る威勢のいい港町の男を、サジュエは驚いて見ていました。

リンダの話がひととおり終わったところで、ルイジはペンシャに聞きました。

「ところで、このあたりはなんで晴れてるんだ? 困ったおっさんが、タイファン大陸を支配するとか言って、大陸全体を曇らせちまったのは知ってるだろ」

ペンシャは、また眉間にしわを寄せ、眼鏡を上げながら答えました。

「ああ、大変なことになったみてえだな。ここからずっと西のなんとかって港町じゃ、その邪導師の手下の獣人《じゅうじん》たちに襲われて、ひでえことになってるらしいぞ。

このあたりが晴れてるのはな、このクンガンに住んでる魔導師のおかげなんだ。岬の小さな家に、ちっちゃい女の子とふたりで住んでる若い女の魔導師なんだけど、魔法で天気をよくしてくれてるんだ。いや、きのうの夜は雨も降ったから、正確に言うと自然な天気に直してくれてんだ。

なかなかべっぴんの魔導師なんだけどな、ときどき買い物に出てきたりする以外は、ほとんど姿を見せねえ」

「それなら、リンダより美人か、確認しておく必要があるな」

そう言って「ひひひひ」と笑ったルイジのお尻を、思い切りつねりながらリンダが聞きました。

「西の港が襲われたって、ディ族に？」

「いや、そんな名前じゃなかったぞ。今朝、ラジオで言ってたから、きのうのことだろうけど、ジオとかジアとか……」

「ジアオ族？」

「おう、それだ。なんかの獣人なんだろ？」

「ジアオ族っていうのは、一〇〇〇年以上も前に当時の魔導師たちが海底に封じ込めた、たちの悪い魚人族《ぎょじん》なの。サメみたいな姿をしてたって、本で読んだことがある。海賊《かいぞく》みたいに港や船を襲って、ひどいことをしてたんだって。それが今ごろ出てきたってことは、邪導師が封印を解いて、手下にしたたんだね」

リンダにつねられたお尻をさすりながら、ルイジが言いました。

「ああ、正解っぽいな。あのやろう、水の中で自由に動ける〝蒼の書〟を手に入れやがったからな」

〝蒼の書〟の話が出たので、サジュエはまたリアンジュとジャオカンのことが心配になりました。本当に、ルイジが言うようにふたりが無事でいるのか、大勢のユアン人戦士が殺されたときに巻き込まれはしなかったのか、それをたしかめることもできず、落ち着かない気持ちになりました。

ペンシャは、昼食を作るから手伝えと言って、リンダを台所に連れて行きました。

いつも魔法を使って簡単に料理をすませていたリンダは、ペンシャに「そんな手つきじゃ、いい嫁さんになれねえぞ」とか「そんな年になるまで、ちゃんと料理を教わらなかったのか」などと、さんざんにどなられながら苦労して料理を仕上げました。

普段のリンダなら、こんなペンシャの言葉には「時代遅れの女性差別発言だ」と食ってかかるところでしたが、威勢のよさではペンシャの方が一枚も二枚も上手《うわて》だったので、言い返すことができませんでした。そして何よりも、魔法で手軽に仕上げた料理よりも、きちんと自分で切って自分で火を通した料理の方がおいしいということを、リンダは手ごたえで学びました。

ペンシャは、海の見える場所で食事ができるように、工房のひさしの下にテーブルを出して料理を並べました。

ペンシャの威勢のよさは、食事のときにも変わりませんでした。昼間からがぶがぶとお酒を飲み、がつがつと食べ、ルイジのグラスにもがばがばとお酒を注ぎました。それでもペンシャは、客であるサジュエやリンダには自然に気を配り、料理を取り分けたりお茶をいれたりしてくれました。ペンシャは、ルイジをどなりつけるように話していましたが、サジュエにはとてもうれしそうに見えました。

食事をしながらサジュエは、ペンシャに聞きました。

「ねえ、ペンシャさんも魔具工なんでしょ？　どんなのを作るんですか」

すると、料理を口に放り込んでもごもご言いながら、ペンシャが答えました。

「おめえの使ってる皿やフォークは、おれの作ったルイだよ。調理するときに使った、なべやフライパンもな。ほら、最近は、食い物の中に添加物《てんかぶつ》だとか薬品が入ってたりするだろ。それに、おれの若いころに比べると海も汚れちまって、魚の中にも汚れがたまってるらしいんだ。つまり、そういう食い物に入ってる邪魔なもんを取り除くようにできてんだ。

おれのルイは、だいたい地味なのが多いよ。どっかの兄さんみたいに、地に足のついてねえようなチャラチャラした派手なのは、あんまり作らねえなあ」

「その、どっかの兄さんには事情があるんだって、さっき言っただろ」

嫌味を言われたルイジが、煮魚をつつきながら文句を言いました。

サジュエは、このにぎやかな食卓を囲みながら、小さかったころのことをなんとなく思い出していました。それは、両親やおじいさん、おばあさんといっしょの食事のことでした。両親の仕事が忙しいサジュエの家でも、月に何回かは家族三人が顔をそろえて食事をすることがありました。そのときには、お父さんがサジュエの学校であったことを聞いてくれたり、冗談《じょうだん》を言い合ったりもしていました。それでも、サジュエにとって、こんなに楽しく感じられる食事は何年かぶりだったのです。

サジュエは、両親が忙しいためにわがままを言えない家庭の中で、いつのまにか自分が〝聞き分けのいい子〟になって、お父さんやお母さんから距離をおいていることに気づいていませんでした。そしてサジュエには、特に学校に通うようになってからは、両親に甘えたり相談をしたりした記憶がありませんでした。

酔っぱらったルイジとペンシャが、冗談を言い合っているようにも言い争っているようにも見える様子で工房に行ってしまったので、サジュエとリンダが食事のあと片づけをしました。いつもは、魔法を使って簡単に片づけてしまうリンダでしたが、今回は自分の手でていねいに洗い、サジュエもそれを手伝いました。

ルイジは、ペンシャの工房で、〝翔鉄〟に変えてもらったグリフィン号の改造を始めていました。ルイとして、空を飛べる車として完成させるためには、何かの魔法の力でまちがって飛び上がったりしないように直し、きちんと操縦して空を飛べるようにしておく必要があったからです。

　ペンシャも、ルイジの作業を手伝っていました。片づけをすませたサジュエは、ペンシャの工房に来ると、小さないすに腰かけてルイジたちの作業を見ていました。ふたりが作業をしている姿は、まるでけんかをしているように見えました。大きな声でどなり合い、ペンシャがルイジの頭をたたき、機械油の入れ物を放り投げ、そして大きな声で笑って作業をしていました。

　ルイジが、座って見ているサジュエを見つけてどなりました。

「こらっ、そんなとこでえらそうに見てんな！　こっちに来て手伝え！」

　そう言われてルイジのところに行こうとしたサジュエは、足がもつれて転びました。そして、そのまま立ち上がることができませんでした。駆け寄ってきたルイジが、サジュエの額《ひたい》に手を当てて「こいつ、すげえ熱だぞ」とさけんでいる声が、サジュエには遠く聞こえました。サジュエは、目の前がだんだん暗くなっていくのをぼんやりと見ているうちに、そのまま何もわからなくなりました。

　チジン空中王国の国王シューゴンは、ひざをかかえてベッドの上に座りながら、カスタードクリームをべったりと塗ったパンをかじっていました。シューゴンは、パジャマの上に空中騎士団が使うものと同じ〝翔鉄〟の鎧《よろい》を着込んだ、おかしな格好《かっこう》をしていました。国王専用に作らせた鎧には、必要のない飾りや派手な色がつけてありました。ベッドの上には、両手に持って武器にできるように〝翔鉄棍〟も二本持ってきてありました。そしてベッドの下には、空になったワインのびんやバナナの皮、食べ物の包み紙などがたくさん散らかっていました。

シューゴンは、邪導師の使いであるペイワンが今すぐにでも来るのではないかと思い、恐くて動くことができませんでした。

今朝、シューゴンが目覚めたときには、いつも国王を起こしにくるお付きの女官がいませんでした。朝早く、目覚まし時計が鳴ったのを止めたような気もしましたが、シューゴンが目を覚ましてベッドから降りたのは昼近くになってからでした。大声で何度呼んでも、だれも姿を見せませんでした。

おなかが空いたシューゴンは、ぶつぶつ文句を言いながら、パジャマ姿のまま食堂の間へ行きました。いつもなら、とっくにできていなければいけない朝食の用意が、今朝はできていませんでした。それどころか、料理係たちの姿も見えませんでした。

このときになって、シューゴンはようやく王宮の異常に気づきました。

「だれも、おらぬのか？」

王宮に自分以外だれもいないことに気づいて、シューゴンは怒りました。調理室に行き、冷蔵庫から青カビチーズのかたまりとバナナを取り出すと、それを食べ散らかしながら、シューゴンはかん高い声で「だれか、おらぬか」とどなって歩きました。食べたバナナの皮を壁や彫刻に投げつけ、ドアをけとばし、だれもいない王宮の中をうろうろ歩き回っているうちに、シューゴンはますます腹が立ってきました。

歯をぎりぎり言わせ、足音をだんだんと響かせながら、シューゴンは調理室にもどり、パンやベーコン、干し肉などをがつがつと食べました。食べているうちに怒りがおさまってきたシューゴンは、調理台の下から出してきた調理用の赤ワインをがぶがぶと飲みながら、なぜだれもいないのだろうと考えました。シューゴンは、少し落ち着いて考えようと思い、調理しなくても食べられる食べ物と飲み物をかかえられるだけ持って、寝室にもどりました。

ベッドの枕元の目覚まし時計は、一二時一五分を指していました。

「なんじゃ、〝盗み屋〟はどうしたのじゃ。約束の時刻を過ぎておるではないか」

そう言うと、自分が口に出した〝盗み屋〟という言葉から、何が起きたのかがシューゴンにも少しずつわかってきました。

自分のやとった〝盗み屋〟が、国王の〝界珠〟の指輪を盗み出した王宮魔導師長ゲンジュと、空中騎士団長モウダを会わせてしまったのです。ゲンジュと会ったモウダは、王宮魔導師のドゥーレンにも話を聞こうとするでしょう。もしかしたら、あの男が邪導師の使いだと知っているドゥーレンが、先にゲンジュやモウダにそのことを話してしまったということも考えられます。あの男が邪導師の使いだとわかったら、空中騎士団は国民をチジン王国の島から避難させようとするでしょう。

「それでは、この空中の島には、もう朕《ちん》ひとりしかおらぬということか？」

そのことに気づくと、シューゴンはだんだん不安な気持ちになってきました。シューゴンは、国王専用の〝翔鉄〟の鎧を衣装棚からあわてて取り出し、パジャマの上にそのまま着ました。普段はパジャマを着がえるのもお付きの女官たちに手伝わせていたので、鎧を着るのにとても苦労しました。

シューゴンは寝室を出ると、まだだれか残っているかもしれないと自分に言い聞かせながら、王宮を見て回りました。空中騎士団の詰め所では、〝翔鉄棍〟を見つけて両手に持ちました。王宮をすみからすみまで見て回り、やはりだれもいないことがわかると、シューゴンは恐る恐る王宮の外の様子も見てみました。城壁の正門から、そっと外をうかがってみても、だれもいませんでした。人の姿が見えないだけではなく、街からは人が行き来する音や車の音がまったく聞こえてきませんでした。

シューゴンは、「わあああっ」と悲鳴をあげながら、王宮に駆け込んでいきました。そのまま、調理室まで走っていく間に、シューゴンは足がもつれて五回転びました。

鎧の下を汗でべたべたにして、はあはあと息を荒くしながら、またシューゴンは食べ物と飲み物を持てるだけ持って寝室にもどりました。

途中でトイレに寄りましたが、シューゴンは用を足したあとに水を流しもせずに出てきました。これもお付きの女官たちがやってくれていたことなので、シューゴンには自分であと始末をする習慣がなかったのです。それでも手だけは洗って、パジャマのすそで手をふきました。

ベッドの上にもどったシューゴンは、ワインをがぶがぶ飲みながら、いろいろなことを考えようとしました。

長い間、王家に仕えてきたのに、国王である自分を裏切って指輪を盗み出したゲンジュ。空中騎士団は、国民を島から脱出させたのに、国王である自分を見捨てたのか。汗でべたべただから、ふろに入りたいが、どうすればいいのかわからない。あの黒い服を着た男が、また指輪を取りにきたらどうしようか。鶏肉のローストが食べたいが、どうすればいいのかわからない。本当に、この空中の島にはだれもいなくなってしまったのか。心がおかしくなって死んでしまった兄夫婦、あんなことになるなんて思ってもみなかったのに。あの黒い服の男、邪導師の手下だとドゥーレンが言っていたが、また指輪がないと言ったらどうするだろうか。冷蔵庫にあったローストハムを焼いて食べたいが、どうすればいいのかわからない。本当に、国王である自分を助けようと考える者がひとりもいなかったのだろうか。あの黒い服の男に指輪はないと言ったら、自分は殺されてしまうのだろうか。

恐くてベッドの上から動けないまま、いつのまにかシューゴンは眠ってしまいました。シューゴンが目を覚ましたときには、もう翌日の朝になっていました。とうとう、シューゴンは空中の島から自分で脱出するということを考えつかないまま、またペイワンが来る朝を迎えてしまったのです。

がぶ飲みしたワインのせいで、頭ががんがんと痛みました。それでも、シューゴンは、きのうよりも落ち着いて考えられるようになっていました。

シューゴンは、自分はこれまで何をしてきたのだろうと思いました。

魔法が得意で頭がよく、誠実でだれからも好かれる兄、シューガイがねたましく、兄から王位継承権を奪いたくて、シューゴンは一〇年前にシューガイに呪《のろ》いをかけたのでした。呪いといっても、集中力がなくなって魔法を使えなくなるようにする程度のはずでした。それなのに、兄ばかりかその妻までが心の病のようになってしまい、死んでしまったのです。兄夫婦の子、ヤンリもそのころ誘拐されて行方《ゆくえ》が知れなくなってしまいました。

心が痛んだものの、チジン空中王国の王位を継承したシューゴンは、有頂天《うちょうてん》になっていました。王国の経済の建て直しを主張し、観光産業の開発に力を入れて、王位を継いでから三年で国を倍近くにも豊かにしてみせました。そのころのシューゴンは、お金をもうけることが楽しくて仕方がないといった感じでした。もう、兄夫婦を死に追いやってしまったという心の痛みは、どこかに消えていました。

その、シューゴンが観光産業で豊かにしたチジン王国も、邪導師にねらわれ、もう消え去る運命なのかもしれないのです。

シューゴンは、どこで、何をまちがえてしまったのだろうと思いました。死に追いやってしまった兄とは、決して仲が悪かったわけではなかったのです。今にして思えば、国王になった兄のそばで仕事を補佐していた方が、幸せだったようにも思えました。

ふと、シューゴンの頭の中に、幼いヤンリの顔が浮かんできました。

「ヤンリ、こんな朕でも〝おじちゃま〟と言って、よくなついてくれた。頭の良い、かわいい子だった。かわいそうなことをしてしまった」

シューゴンは、ベッドのシーツをにぎりしめて、ぽたぽたと涙をこぼしました。

「朕は、今まで何をやってきたのじゃ。国王らしくなったのは、言葉づかいだけではないか」

「ご寝所にお邪魔いたします無礼をお許しくださいませ、国王陛下」

ぼさぼさの髪で、ひげの伸びた顔を涙でぬらしながら、シューゴンは声がした方をふり返りました。そこには、あの黒い服を着た、邪導師の手下の男が立っていました。

シューゴンは、力なく笑いながらペイワンに答えました。

「朕はもはや国王ではないぞ。ここはもう、王国ではなくなったからな。ここは、空に浮かぶ廃墟《はいきょ》の島じゃ。朕は、廃墟に置き忘れられた、王国の残りかすじゃ」

「おたわむれが過ぎますよ、陛下。この島に、だれも人がいなくなっているところを見ると、私が本当は観光コンサルタントなどではないということは、もうご存じなのでございましょう。早く〝界珠〟の指輪をお渡しください。でないと、陛下のお命がなくなりますぞ」

シューゴンは、ベッドの下から飲みかけのワインのびんを取ってごくごく飲むと、にっと笑ってペイワンに言いました。

「指輪はない。こんな太った男の命がほしいなら、勝手に持って行くがよい」

ペイワンが、シューゴンに向けて右手をかざすと、ボンという音とともに大きな炎がふき出しました。ペイワンの炎が、シューゴンのベッドを巻き込むと、散らかっていた食べ物や空きびんが消え、シューゴンの髪型が整い、伸びていたひげも消え、服装もきれいに変わっていました。シューゴンの汚い様子が、神経質なペイワンには我慢できなかったのです。

「朕を殺さぬのか？　それとも、まだ何か聞きたいことでもあるのか。〝天翔金《てんしょうきん》〟のことなら、知らぬぞ。〝天翔金〟を作り出す魔法は、もう一〇〇〇年以上も前に失われておるのじゃ」

シューゴンがそう言うと、ペイワンは表情のない顔で、氷のように冷たい眼をして言いました。

「承知いたしました、国王陛下。それなら、陛下を殺し、この島を粉々にして〝天翔金〟をいただいてまいります。この島のどこかに埋められていて、この島を空に浮かべている〝天翔金〟をね」

「究極の浮揚《ふよう》金属〝天翔金〟。へえ、本当にあったのか」

ペイワンは驚いて、声がした方をふり返りました。

出窓のところに、オレンジ色の髪をして赤やオレンジ色の服を着た、ひょろりと背の高い男が座っていました。オレンジ色の服を着た男は、ペイワンが魔法の炎で消したはずのワインやパンなどを持っていて、バナナを一本かじっていました。

ペイワンが気づかないうちに、オレンジ色の服を着た男はペイワンの魔法に割り込み、いつのまにかペイワンの背後に座っていたのです。顔には出しませんでしたが、ペイワンはそのことにとても驚いていました。

「だれですか、あなたは。私は今、国王陛下と大切なお話をしているんですが」

ペイワンが不機嫌な顔で聞くと、オレンジ色の服を着た男はにっと笑って言いました。

「おれは、その国王陛下にやとわれた〝盗み屋〟だよ。依頼どおりの仕事はできなかったんだけど、人件費くらいはいただかねえと、こっちも生活できねえからさ、ちょっと請求にきてみたんだよ。そしたらまあ、おもしれえ話をしてるじゃねえか。

おっさん、〝天翔金〟のことを知ってるとは、なかなか勉強してるが、ちょっとつめが甘いよなあ。教えといてやるよ、おっさん。この島を壊しても、〝天翔金〟は手に入らねえぞ。〝天翔金〟ってのはなあ、魔法の力で空中に浮かぶ性質を極限まで高めるから、その分、金属としては信じられねえくらいもろいんだ。空気にふれたり、光にあたったりしただけで、ぼろぼろに崩れて普通の金属にもどっちまう。まして、これだけの島を完全に安定させて空中に浮かべてる〝天翔金〟は、この島の地面の下で木の根っこみてえに複雑な形になってるはずだ。そんなもん、取り出せるわけねえだろ、おっさん。はっきり言って、〝天翔金〟は盗み出すことも、何かに利用することもできねえってことだよ、なあおっさん。

だいたい、何もかもいいことづくめの物なら、〝天翔金〟を作り出す魔法が忘れられるわけねえだろ。頭悪いな、おっさん」

ルイジは、わざとペイワンを怒らせようとしていました。神経質で気取り屋のペイワンは、ルイジにとって扱いやすい種類の人間でした。ルイジのことを身なりだけで判断し、ふまじめで下品な頭の悪い若造などと思い込んでしまうので、ちょっと論理的にやりこめてやると簡単に怒らせることができるのです。

ペイワンの眼に、残忍な光が宿りました。

「私のことを〝おっさん〟と呼ぶな」

ペイワンの右手が、また炎を吐き出しました。それは、シューゴンの周りをきれいにした炎とはまったく別の、敵を焼きつくす炎でした。

「おっさん、いい年して簡単にキレんなよ」

炎の中から再び現れたルイジが、にやにや笑いながら言いました。ペイワンが放ったのは、国王の寝室を半分くらいは一瞬にして焼きつくすほどの炎でした。ルイジは、まちがいなく焼け死んでいるはずでした。それなのに、実際に焼くことができたのは、ルイジが持っているバナナの皮だけでした。ペイワンには、ルイジがどうやって魔法の炎を抑え込んだのか、まったくわかりませんでした。

ペイワンの背後で、呪文を唱える声がしました。ペイワンがはっとしてふり返ると、魔方陣の上に乗ったリンダが、シューゴンといっしょに姿を消すところでした。

ペイワンは、とても驚いたような顔をしました。それは、国王を連れ去られたことに驚いたというよりも、リンダには自分の顔を見て驚いているように思えました。ペイワンは、驚いた顔のまま、またルイジの方にふり返りました。

ルイジは、ペイワンの驚いた顔を見て、とても満足そうに笑って言いました。

「こんなに思ったとおりにことが運ぶと、笑っちゃうね。おっさん、ペイワンとかいったよな。それじゃ、おれはおっさんのことを〝ペーちゃん〟と呼んであげよう。どう？　人間的にうすっぺらな感じがよく表現できてるだろ。そのうち、バオファンのやろうの城に遊びに行くから、泣きながら待ってな。ちゃんと『ペーちゃん、いる？』って、声かけてやるからさ」

ルイジは「きひひひっ」と笑って、かくしていた〝翔鉄棍〟を出しました。ポケットに入るほどに小さくなっていた〝翔鉄棍〟は、一瞬でルイジの身長ほどに伸び、ルイジは出窓から空に飛び出していきました。

王宮の上に飛び上がると、西の方にグリフィン号が飛んでいるのが見えました。シューゴンを乗せ、リンダが運転しているのでした。ルイジは、〝翔鉄棍〟にまたがって飛び、すぐにグリフィン号に追いついて乗り込みました。

ルイジが車のドアを閉めた瞬間、ドンという、空気がびりびり震えるほどのすさまじい音がして、チジン王国の王宮が大きな炎を吹き上げて爆発しました。王宮から飛び散ったペイワンの魔法の火は、チジン王国のあちこちに落ち、次々と街を炎に巻き込んでいきました。まるで、巨大な炎の竜が何匹も暴れているように、あっというまにチジン空中王国は炎の中に消えてしまいました。

「あーあ、やだねえ、おっさんがヒステリー起こしちゃって……」

ルイジは、窓の外を見ながら笑ってそうつぶやきましたが、ペイワンの魔法の力の恐ろしさをはっきりと感じ取っていました。ルイジに向かって、シューゴンが聞きました。

「そのほう、なぜ〝天翔金〟の秘密を知っておったのじゃ？　あのような〝天翔金〟の性質は、国王である朕も伝え聞いてはおらなんだぞ」

ルイジは、シューゴンの顔を見ると、大きな声で笑いだしました。

「陛下、あれは〝はったり〟でございます。まことしやかな話で丸め込んでやったまでです」

それを聞いて、シューゴンも大笑いしました。

ルイジは、〝翔鉄棍〟をまた小さくしてズボンのポケットにしまいました。この〝翔鉄棍〟は、チジン王国の空中騎士団が使っているものをルイジが改造したもので、もとの〝翔鉄棍〟よりも小さくすることができ、何倍も早く飛ぶことができるようにしてありました。

ルイジは、話を続けました。

「ああ言っておけば、あの男も、チジン空中王国の島そのものまでは壊せないでしょう。勝手に島を壊して〝天翔金〟を消滅させたりしたら、あの男の主《あるじ》であるバオファンに殺されてしまうかもしれませんからね。島が無事で空にある限り、いつかまた国は復興できるかもしれない。なによりも、今回、国民にひとりの死者もけが人も出ていないのですから」

「まこと、そなたの言うとおりじゃ。生きておれば、国はまた造れようぞ。……しかし、それまで朕は、どのようにして生きておればよいのじゃ……」

そう言って、シューゴンはため息をつきました。

「実は、ちょっとした〝つて〟がありまして、陛下には勤め先をご用意させていただきました」

ルイジは、にやにや笑いながらそう言うと、大きなかばんをシューゴンに渡しました。かばんの中には、シューゴンの使っていた衣類や身の回り品が入っていて、底の方には宝石や貴金属が黒い革のポーチにつめ込んでありました。

「金目の物も入れておきましたから、しばらく生活には困らないと思うんですが、陛下にはまず働くということを覚えていただいた方がよろしいかと思いまして……」

リンダが運転するグリフィン号は、だんだん地上に降りていき、やがて緑の丘の上に着陸すると、舗装《ほそう》されていない細い道を走り始めました。もちろん、車輪を出さずに走っているので、車がゆれることはありませんでした。

シューゴンが、ルイジに渡されたかばんの中を見つめてぼう然としているうちに、グリフィン号は、白い木の柵に囲まれた大きな牧場の入り口に止まりました。ルイジは、さっさとシューゴンを車から降ろして言いました。

「さあ、陛下、この農場に話をつけてございますので、がんばって生活なさってください。陛下は有名でいらっしゃるから、何か、本当のお名前とは別の名を名乗られた方がいいかもしれませんねえ。

わたくしどもは、これで失礼させていただきます。いやあ、連れのですねえ、見習いの子どもが熱を出して倒れちまいましてねえ、果物でも買ってってやろうと思って出かけたはずなのに、なぜかこんなことに。はっはっは。それじゃ、お元気で」

ルイジとリンダはいっしょに深々とおじぎをすると、さっさとグリフィン号に乗って行ってしまいました。

「よしよし。これで、被害者はゼロだ。あんな、ぶーちゃん国王でも、見殺しにしちまうのは、ちょいと良心が痛むからな。まあ、いいよな」

ルイジは、グリフィン号を運転しながら、そう言って笑いました。

ひとり牧場の前に取り残されたシューゴンは、まだ事情がよく飲み込めず、ぼんやりとかばんを持って立ったまま、ルイジの車が飛んでいった西の空をながめていました。

一〇・本当の名前

目を覚ましたとき、サジュエは自分がどこにいるのか、すぐにはわかりませんでした。今まで見ていた不思議な夢をはっきりと覚えていたので、そこが夢に出てきた場所なのか自分が寝ている場所なのかわからず、混乱してしまったのです。窓から見える空は、夕焼けに染まっていました。サジュエが寝ているベッドのそばでは、ルイジが木のいすに腰かけ、ゲンジュのいた古本屋で買った魔法の研究書を読んでいました。サジュエは、ペンシャの工房で倒れてからずっと、ペンシャの家で眠っていたのでした。

「兄貴《あにき》……」

ルイジに呼びかけようとしたサジュエの言葉は、半分も声になりませんでした。それでも、ルイジはサジュエが目を覚ましたことに気づき、サジュエに顔を近づけてきました。ルイジは、サジュエの額《ひたい》に手を当て、熱が下がったことをたしかめると、「何か飲むか？」と聞きました。サジュエがだまってうなずくと、ルイジは部屋を出ていき、少しだけ温めたお茶といろいろな果物を、リンダといっしょに持ってきてくれました。

お茶を飲むと、サジュエは声が出るようになりました。リンダが切ってくれた果物も、普通に食べることができました。そのとき、サジュエは初めて、とてもおなかが空いていることに気づきました。

「ありがとう。ねえリンダ、ぼく、どのくらい寝てたの？」

「丸一日以上、寝てたんじゃない？　きっと、疲れが出たんだよ。いつ終わるのかわからない長旅で、いろんなことがあったからね」

そう言いながらリンダが切ってくれる果物を、サジュエは次々に食べていきました。

そんなサジュエを見て、ルイジが笑いながら言いました。

「それだけ食えるなら、普通に食事ができるんじゃねえのか。もうすぐ夕飯だから、そのくらいにしときな」

サジュエは、バナナを食べながら、ルイジにうなずいて見せました。

「調子がよくなったんなら、その辺を軽く散歩するくらいはしてもいいんじゃねえのか。ただし、無理はするなよ。夕飯を食ったら、体を洗ってさっさとまた寝て、とにかく体を休めとけ。できれば、明日の夜明け前にはここを出発してえからな」

ベッドから降りてみると、サジュエは普通に立って歩くことができました。ペンシャの工房で倒れたときのように、急に力が抜けてがくんと倒れてしまうのではないかと、少し不安もありましたが、サジュエには自分の体に力がもどってきているのがわかりました。

夕食までの少しの間、サジュエはペンシャの家の周りを散歩して過ごすことにしました。夕日が沈んだあとの海をながめてからペンシャの工房へ行くと、ルイジが鼻歌を歌いながらグリフィン号を直していました。ルイジは、工房に入ってきたサジュエを見つけて声をかけました。

「おう、悪いけど、そこのレンチを取ってくれ。今度は転ぶなよ」

ルイジは、サジュエから工具を受け取ると、グリフィン号の下に頭を突っ込んで、また鼻歌を歌いながら機械を調整し始めました。それは、サジュエも聞いたことがある、有名なロックバンドの曲でした。サジュエは、グリフィン号のそばにしゃがんでルイジの作業をながめながら、ルイジが歌っている歌のコーラスの部分を鼻歌で歌いました。ルイジは、急に鼻歌をやめ、グリフィン号の下から顔を出してサジュエに聞きました。

「なあ、おれ今、歌を歌ってたよなあ」

サジュエは、小さく「うん」と言ってうなずきました。

「やべえなあ……。おれって、疲れてくると自分でも気づかねえうちに歌を歌ってんだ。たいがい、だれかに『調子よさそうだな』とか声をかけられて、歌ってたことに気づくんだ。でもそれは、調子がいいんじゃなくて、どこか集中力とかがおかしくなってんだよな。体が注意信号を出してんだ。よし、今夜は早く寝ちまおう。明日は夜明け前には出発してえしな。きちんと体を休めとかねえと、次はおれかリンダがお前さんみてえに倒れちまうかもしれねえ」

ルイジはそう言うと、またグリフィン号の下に入り込んで作業を続けました。サジュエは、ルイジの話に答えるでもなく、ぽつりとつぶやくように言いました。

「兄貴、ぼくねえ、熱を出して眠ってたとき、変な夢を見たんだ」

「ふうん、どんな夢だよ。悪い、次はそこの赤いドライバー取ってくれ」

ルイジは、サジュエの夢の話にはあまり関心がなさそうでしたが、それでもサジュエはルイジに工具を手渡すと、夢に見たことを話し始めました。

「夢の中でね、ぼくは小さな鳥だったんだ。ツバメみたいな。それでね、鳥のぼくは海に浮かんでた。氷みたいな、暗くて冷たい海だった」

「死んじまうんじゃねえのか、ツバメみたいな鳥がそんな海に浮いてたら……。水鳥《みずどり》みてえに優雅に浮かんでたのか？　今度はラジオペンチ」

またサジュエは、工具をルイジに手渡しました。

「水鳥みたいじゃなかった。空から落ちたみたいな感じ。なぜだか、『ここはタイファン大陸よりもずっと北の海だ』ってわかってて、ずっと南にあるタイファン大陸の方から、だれかが呼んでる気がしたんだ。その声のする方へ飛んでいかないと死んじゃうってわかってるんだけど、そこにはとても恐ろしい何かが待ってる気がして、そのうちにだんだん気が遠くなってってって……」

「おいおい、危ねえじゃねえか。いよいよ死んでく感じじゃねえか」

そう言いながらルイジが差し出した手に、サジュエもただ笑ってルイジが指した工具を渡しました。気がないように見えても、ルイジはサジュエの話をちゃんと聞いているようでした。

「夢の中のぼくは、そこで死んじゃったのかもしれない。急に場所が変わって、ぼくは人間にもどってたんだ。岩だらけのとても広い場所だった。高い山の上だったのかな、洞窟《どうくつ》のような気もしたけど、よくわからない。見たことのない植物もたくさんしげってた。

そこには、世界中から集まったみたいにたくさんの鳥たちがいたんだ。鳥たちは、ぼくを待ってたように、ぼくの通る場所をあけてくれて、その先にはすごく大きくてきれいな鳥がいたんだ。まるで、オレンジ色の光を放ってるみたいな、きれいな羽をした鳥。ワシやタカみたいでもあったし、クジャクやキジのようにも思えた。ぼくは、ぼんやりと『ああ、この人は鳥の王様なんだ』って思ってた。

ぼくが近づいていくと、その〝鳥の王〟が何かを差し出してぼくに言ったんだ。『これは、あなたのものです。持っていきなさい』って」

ルイジは、持っていた工具をサジュエに手渡し、グリフィン号の下から出てきました。

「その〝鳥の王〟がくれたのは、なんだったんだ？」

「わからない。ぼくは、なんだか恐くなって、受け取らずに帰ろうとして、そこで目が覚めたんだ」

ルイジは、機械油で真っ黒になった作業用の革手袋で、いきなりサジュエの頭をベタッとたたきました。

「お前さん、本当にしょうがねえなあ。何を差し出されたか知らねえけど、受け取らずに帰ってくんじゃねえよ。あのなあ、魔導師《まどうし》がそんな夢を見たら、『星を見つけた』って大騒ぎするとこだぞ。〝鳥の王〟なんてのが出てくるような夢、ただの夢じゃねえ。ひょっとすると、何か魔法の力も影響してるかもしれねえ。まちがいなく、お前さんにとって何か重要な暗示を含んだ夢だったんだぞ」

「そんな、たかが夢じゃない」

そう言い返そうとしたサジュエの頭を、ルイジはまた革手袋でベタッとたたきました。それから、グリフィン号のエンジンルームを開けて、サジュエに言いました。

「おい、ここんとこ見てみろ。グリフィン号がグリフィン号であるための、最も重要な部分と言ってもいい機械だ。機械であり、しかもルイだ。

　グリフィン号の燃料は、普通の車と同じガソリンだ。そいつをエンジンで燃やしてエネルギーを得るのも普通の車と同じだ。だけどな、グリフィン号がちがうのは、エンジンから出る余熱と排気も全部エネルギーに変換して利用しちまうとこだ。そういう、エンジンから出るエネルギーを、車体の推進力と電気、それから魔法の力っていう、大きく分けて三種類のエネルギーに変換してるのが、ここの機械なんだ。おれは、この動力変換機の開発にいちばん時間と手間をかけた。きのう、グリフィン号の金属部分を〝翔鉄《しょうてつ》〟に変えてもらったあと、最初に調整しなおしたのもここんとこだ。こいつは、それだけ重要で複雑な仕事をしてるんだ。

　おれが何を言いてえかっていうとだな、眠ってる間の人間の頭も、こいつと同じくらい重要な仕事をしてるってことだ。お前さん、『たかが夢』だって言ったよな。その夢ってのは、起きてる間に整理しきれなかった、経験や感情とかの複雑な情報を頭が整理しようとしてるから見るって言われてんだ。

　夢の中で〝鳥の王〟が差し出した何かを受け取ってたら、お前さん、今の自分を大きく超えて成長してたかもしれねえのに……。お前さんのだって言われたんだから、受け取りゃいいじゃねえかよ。まったく、じれってえんだよなあ」

サジュエが小さな声で「ごめん」と言うと、ルイジはグリフィン号のボンネットをバンと閉めて、笑いながら言いました。

「別に、謝るようなことじゃねえよ。……そういえば、前にもいたなあ。お前さんみてえな、じれってえやつが」

ルイジは、工具を工具箱にしまうと、古い木の机に置き、グリフィン号の運転席に乗り込みました。ルイジが、ハンドルの下にある小さなレバーを引くと、車体の左側、前の方についている小さな窓がぱくんと開きました。その窓からは、さっきルイジがサジュエに見せた動力変換機の表示盤《ひょうじばん》が見えるようになっていました。ルイジは、エンジンをかけながら、窓からサジュエに言いました。

「なあ、ちょっとその表示盤のランプを見ててくれ。今、ランプは三つとも緑色の明かりがついてるだろ？」

「ついてる。三つとも、緑色だよ」

「よし、そのまま見ててくれ。エンジンをふかしたり、飛行装置のスイッチを入れたりするから、ランプの色が変わったら、大声で言ってくれ。左からだ。〝赤・緑・緑〟って感じでな」

それから、ルイジは、グリフィン号のエンジンをふかしたり、いろいろなスイッチを入れたり、その組み合わせを変えたりして整備の仕上がりをたしかめました。サジュエは、表示盤のランプの色が変わるたびに「赤・緑・緑！」、「赤・赤・緑！」、「緑・赤・緑！」と大きな声でルイジに知らせました。ときどきルイジは、サジュエに「聞こえねえぞ！」とどなり返しました。

ルイジが「よし、こんなもんだろ」と言ってエンジンを切ると、サジュエはグリフィン号に乗り込んで運転席の後ろに座り、ルイジに聞きました。

「ねえ、兄貴。さっき言ってた、前に会ったじれったい人ってどんな人なの？」

ルイジは、ちらっとサジュエの顔を見て、首をこきこき鳴らしながら少し考えるようにして、それから話し始めました。

「五、六年くらい前のことだ。おれはまだ学校に通ってて、あいつに会ったのは夏休みだった。そのときおれは、おれの死んだじいさんが使ってた小さな山小屋に泊まり込んでて、ルイを作ってたんだ」

「リンダといっしょに？」

サジュエがそう聞くと、ルイジは眉間《みけん》に思い切りたてじわを寄せて、不機嫌な顔を作りながらふり返りました。

「いっしょじゃねえ。おれがリンダとコンビを組んだのは、学校を卒業したあとだ。たしかにリンダとおれは、つきあいは長いけどなあ、夏休みの間にあいつがどこで何してたかなんて、おれは知らねえんだよ」

ルイジは話の邪魔をされるのが嫌いだということを思い出して、サジュエは「もう、兄貴の話に割り込まないよ」と言ってあやまりました。ルイジは、また首をこきこき鳴らすと、続きを話し始めました。

「最初に、一目見たときにはディ族かと思ったよ。あいつは、あんな森の深いとこにあるぼろ小屋に人がいるなんて思ってなくて、その晩の寝床《ねどこ》にしようと考えてたらしい。それで、おれがドアを開けたところでいきなり顔を合わせたんだ。そしたらあいつ、おれが何も言ってねえのに、『いや、ちがうのだ。おれは、その、ちがう。ちがうんだ』とか言っておたおたしてやがるんだよ。

たしかに、顔を見るとディ族かと思っちまうし、ばかでかい鉄板みてえな剣を背負ってるから、山賊《さんぞく》か何かかと疑いたくなる。でも、そんなのは、こっちが『ディ族！』とか『ドロボー！』とか言ってから『ちがう』って言い訳するのが順序じゃねえか。あんまりうろたえてやがるから、おれは思わず『ちょっと落ち着けよ』って言っちまったよ。

そいつは、なんとかいう変な名前のやつだった。名前、忘れちまった。オオカミの顔を持つ獣人《じゅうじん》、ラン族の生き残りだ。ラン族は、獣人には珍しく体がでかくて、性格はおだやかだ。そして、自分たちの一族に強い誇りを持ってる。顔が似てるから、どうしてもディ族といっしょくたに見られることが多くて、ラン族はずいぶん殺されちまったらしい。もう、タイファン大陸全体でも、一〇〇人くらいしか生き残ってねえんだって言ってたよ。

あの日、おれはあいつを小屋に泊めてやって、いろいろ話をしたんだ。あいつと話をするのはなあ、とにかく根気《こんき》がいったなあ。ひとつ質問すると答えがひとつ返ってくるだけでな、そこから話がふくらんでいかねえから、おれが一〇話したらあいつが一って感じの会話なんだよ。まあ、それでも、けっこう立ち入ったことを聞いても答えてくれたけどな。

あいつは、子どものころに、家族をみんなディ族狩りの軍隊に殺されちまって、ラン族のなんとかいうじいさまに育てられたんだと。そのじいさまも、なんか変な名前だったな。忘れたけどな。そのじいさまにいろんなことを教えられて、剣術も魔法も仕込まれたって言ってたよ。たしかに、すげえパワーのありそうな体格してたし、身のこなしも、おれの目から見たってただ者じゃねえってわかるくらいだ。

ところが、育ててくれたじいさまが死んじまってからは、ほとんど人と会わねえでひとりで生きてきたって言ってたから、人とつきあうってのができねえんだろうな。

これは、あいつと会った日から何日もあとに考えたんだけどな、あいつは、何も知らねえ人間からディ族とまちがえられるのが恐いって気持ちと、それから、家族や仲間を殺される原因になったディ族への憎しみや悲しみみたいな、どろどろしたもんを心ん中にいろいろ抱え込んで、変なふうにいじけてんだ。おれは、それが正解っぽいと思う。

どうにも、かっこ悪くて見てられなかったんでな、おれは一方的に契約してやったんだ。ルイの売買契約をな。あいつの持ってた、ばかでかい剣をルイにしてやったんだ。なんていうか、おれなりに『元気出せよ』って、あいつにプレゼントでもしてやりたかったのかなあ。それで、代金の支払いに条件をつけたんだ。次にどこかでおれと会うまでに、あいつがかっこよくなってれば代金はチャラ。かっこ悪いままだったら、一〇倍の代金をいただくってな。まあ、相手の名前を忘れてちゃ、話になんねえけどな。

考えてみると、あいつがおれの最初の客なんだよなあ。自分で言うこっちゃねえけどな、あいつに作ってやった剣はけっこう完成度、高いんだぞ」

そのとき、工房の中にリンダの声が響きました。リンダは、夕食の用意ができたことを知らせにきてくれたのでした。ルイジとサジュエは、早足で競走するように食事の用意された部屋に向かいました。

夕食は、きのうの昼食よりも、もっとにぎやかな食事になりました。ルイジは「エネルギーを補給するんだ」と言いながら、お酒をたくさん飲み、肉や魚もたくさん食べました。

リンダは、「わたしが珍しく魔法抜きで作った料理なんだから、もっとありがたく食べなさいよね」と怒って見せましたが、みんながおいしそうに食べる様子を見て、とても満足げでした。ルイジが勝手な食べ方をしようとすると、リンダは「ちがう、そのお肉は黄色い皿のソースをつけて食べるの」「鶏肉のソテーを食べたら、次にそっちのパンを食べてよね」などと、いちいち文句を言ったり注文をつけたりしてテーブルの周りをあちこち歩き回っていました。

台所には、リンダが料理のときに読んだらしい料理の本が、まだ片づけられずに積み上げてありました。流し台には、洗っていないなべやサラダボウルなどが放り込んでありました。台所の床や壁には、ソースか何かが飛び散ったような汚れが点々とついていました。

サジュエが、パンがおいしいと言ってほめると、リンダはとてもうれしそうにガッツポーズをして見せました。

リンダは、片づけも魔法抜きでするつもりらしく、みんなが食べ終わった食器をいそいそと運びました。サジュエが手伝おうとすると、リンダはにっこりと笑って「あんたは休養してな」と言いました。その笑顔には、サジュエがたじろぐほどの迫力がみなぎっていました。

楽しい食事を終え、入浴をすませると、サジュエたちは早めに寝床に入りました。

窓の外には、満月を過ぎた月の浮かんだ星空がありました。

サジュエは、これまでに出会った人たち、チュイ人たちとハンジエや、ゲンジュ、ドゥーレンたちのことを思い出しました。チュイ人の村ではあんなにひどいことが起きたのに、チジン空中王国ではすべての国民が家を失ってしまったのに、ここでは月がこんなに明るく、あたりまえのように輝いているということが、まちがったことのようにも思えました。サジュエは、自分たちがリアンジュたちを助け、〝蒼《あお》の書〟と〝玄《くろ》の書〟を取り返すのが遅くなるほど、不幸になる人が増えていくような気がして、また落ち着かない気分になりました。

サジュエはふと、会えなかったおじいさんのことを思い出し、ポケットの中の財布《さいふ》に手をやりました。

「ぼくなんかが〝朱《あか》の書〟を持ってちゃ、だめじゃないのかなあ。早くおじいちゃんに渡して、邪導師《じゃどうし》との戦いに使ってもらわなくちゃ……」

でも、そう考えても、サジュエには〝朱の書〟をおじいさんに渡す方法がわかりませんでした。タイファン大陸が大変なことになってしまったのですから、引退したとはいっても〝大賢者《けんじゃ》ルアンティエ〟が家に帰ってじっとしているとは思えません。

「国際魔導師機構の本部に行けば、おじいちゃんがどこにいるかわかるかなあ……」

おじいさんが、今どこにいて、何をしているのか、サジュエにはまったく見当もつきませんでした。

いつのまにか眠りに落ちたサジュエの顔を、大きな顔がのぞき込んでいました。そこはペンシャの家ではない薄暗い部屋で、サジュエは木の柵で四方を囲んだ小さなベッドの上に寝ていました。

サジュエは、自分がまた夢を見ていることに気づきました。夢の中で、寝ているサジュエの顔をのぞき込んでいるのは、サジュエのおじいさんであるルアンティエでしたが、その顔も体も、サジュエが知っているおじいさんよりもずっと大きく感じられました。大きな体のおじいさんは酒くさいにおいをさせながら、まるで赤ちゃんに話しかけるように、サジュエの名前を何度も呼んでいました。

そこは、サジュエがまだ小さかったころに住んでいた家でした。影になったおじいさんの顔の向こう側にある部屋からは、サジュエのお父さんたちの楽しそうな笑い声が聞こえてきました。

「なあ、父さん。そんな酒くさい息を、サジュエにかがせないでくれよ。サジュエまで酔っぱらってしまうだろ」

向こうの部屋から、サジュエのお父さんが笑いながらおじいさんに呼びかける声が聞こえてきました。

「そうよ、あなた。その子が五か月になって、やっと顔を見に来られたのに、酔っぱらいのおじいさんじゃ、嫌われてしまうわよ」

　それは、サジュエの亡くなったおばあさんの声でした。どうやら、おじいさんとおばあさんは、自分が生まれたお祝いに来てくれているんだな、とサジュエは思いました。初めて孫の顔を見たおじいさんは、うれしくてお酒を飲みすぎてしまったようでした。

　おじいさんは、みんなのいる部屋の方に向かって言い返しました。

「うるさいわい！　わしは今、サジュエと男同士の話をしとるんだ。なあサジュエ、おじいちゃんと話をしような」

　そう言って話しかけてきたおじいさんに向かって、サジュエが伸ばした手は、小さくてまるまるとした赤ちゃんの手でした。

　おじいさんは、向こうの部屋にいるみんなに聞こえないように、小さな声でサジュエに話をしました。

「なあサジュエ、お前も大きくなったら、魔導師になるか？　お前のお父さんもお母さんも、優秀な魔導師だからな。それに、お前はこんなにきれいな眼をしとるんだから、きっとすばらしい魔導師になれるぞ。おじいちゃんが、お前にいろんな魔法を教えてやるからな。おうおう、笑ってくれるのか、頭のいい子だなあ」

　今ではサジュエに、魔導師のことを何も言わないおじいさんでしたが、生まれたばかりのサジュエには魔導師になってほしいと強く願っていたのでした。赤ちゃんのサジュエは笑っていましたが、夢を見ている一二歳のサジュエは泣きながらおじいさんに謝っていました。いつもは「才能なんてのは人それぞれなんだから、がんばってだめなら仕方ない。あんまり気にするな」と言って笑ってくれていたおじいさんが、たったひとりの孫であるサジュエは魔法が苦手だということをどれだけ残念に思っていたのだろうと思うと、サジュエはこのまま夢の中に消えてしまいたい気持ちになりました。

夢の中では、おじいさんがさらに声を小さくして、赤ちゃんのサジュエに顔を寄せながら言いました。

「よし、お前は見込みがあるから、おじいちゃんはとっておきの秘密を教えてやろう。お前のお父さんやお母さんにも言ってない、すごい秘密だぞ」

サジュエの心臓が、大きくどくんと鼓動《こどう》しました。

向こうの部屋からは、みんなの笑い声と、サジュエのお父さんが「おいおい、父さん、サジュエを食べないでくれよ」と言って笑っている声が聞こえてきました。

「おじいちゃんはな、すごい魔法の本を持ってるんだ。あんまりすごい本だから、おじいちゃんの魔法でかくしてあるんだぞ」

サジュエの鼓動はどんどん速くなって、全身がうずまきに巻き込まれて、ぐるぐる回っているように感じました。

おじいさんはお酒に酔っていて、話しかけているサジュエが五か月の赤ちゃんだということを、忘れてしまったように話していました。まるで、この夢を見ている一二歳のサジュエに、直接話しかけているようでもありました。

「その本は〝朱の書〟といってな、空を飛んだり、風を読んだりできる魔法が書いてあるんだ。お前が大きくなって魔導師になったら、この本はお前が受け継ぐんだぞ」

かげになったおじいさんの顔が、まるで何倍にも大きくなって、サジュエの上に重たくのしかかってくるようでした。頭の中がぐるぐる回って、息ができなくなったように感じました。サジュエは、体がベッドに固くしばりつけられてしまったように、身動きできなくなってしまいました。ささやくように話しているおじいさんの声が、サジュエの頭の中でぐわんぐわんと大きく鳴り響きました。

「いいかサジュエ、だれにも言っちゃだめだぞ。お前に〝朱の書〟の本当の名前を教えてやる。これは〝朱の書〟の魔法の力を〝読む〟ための、呪文でもあるんだ。

〝朱の書〟の、本当の名前はな……」

がばっと、サジュエは飛び起きました。

そこはペンシャの家で、サジュエは一二歳のサジュエでした。横では、床に毛布を何枚も重ねて寝床を作り、ルイジが寝ていました。その部屋は、海に流れていく風がよく通って、とてもすずしく快適でした。それでも、サジュエの背中は汗でべったりとぬれていました。体が、運動をしたあとのようにほてって熱くなっていました。パジャマの代わりに着ていた、ルイである赤いTシャツが温度を調節してくれているのに、サジュエの背中は汗にぬれ、水から上がった魚のように冷たくなっていました。

サジュエはベッドを降り、ルイジを起こさないように注意しながら部屋を出ました。階段を、音を立てないようにしてそっと降り、鍵がかかっていない工房の扉から外に出ると、防波堤《ぼうはてい》のところまで歩いていきました。

まだ真夜中ごろで、少し欠け始めた月は真上の空にありました。朝が早い漁師たちもまだ起きていない時刻だったので、街にはだれもいませんでした。

ほてった顔が夜風にあたっても、サジュエの鼓動は小さくなるどころか、ますます激しくなってきました。サジュエは、自分の心臓のどくどくという音で、みんなが起きてきてしまうのではないかと思いました。

サジュエは、防波堤の上に上がり、ポケットからおじいさんの財布を取り出して、その中から〝朱の書〟を出しました。月の光の中でもはっきりとわかる、赤い色をした本に向かって、サジュエは〝本当の名前〟を言いました。

「……〝朱雀経《すざくきょう》〟」

一瞬、〝朱の書〟がぼうっと光ったかと思うと、サジュエの頭の中に本の中身が一気に流れ込んできました。でも、サジュエの体がいきなり空を飛んだりすることは、もうありませんでした。普通の本を読むのと同じように、サジュエは〝朱の書〟に書かれている魔法を〝読む〟ことができました。

サジュエは、頭に浮かんだ〝飛行の呪文〟を、口に出して唱えてみました。するとサジュエの体は、静かにゆっくりと空中に浮かびました。あとは、もっと高くと思えば高く、もっと速くと思えば速く、まるで自転車に乗るように、サジュエは自由自在に空を飛ぶことができました。

今度は、サジュエは空中に浮かんだまま、〝風を読む呪文〟を唱えました。まず最初に、クンガンの街が何かの魔法で包まれているのがわかりました。それが、ペンシャの言っていた岬《みさき》に住んでいる魔導師の、天気を自然にもどしている魔法だということも、すぐにわかりました。風を〝読む〟ようにすると、本当にいろいろなことがわかるのでした。

岬の魔導師がかけた魔法の外側には、邪悪な魔法の気配も感じられました。サジュエは、このまま風を読んでいけば、邪導師の城に捕えられているリアンジュたちのことも読み取れるとわかりましたが、恐ろしい邪導師の側から「逆に探られる危険を伴《ともな》う」というルイジの言葉を思い出し、探るのをあきらめました。

サジュエはその代わりに、岬に住んでいる女の魔導師を探ってみようと思いました。

家の中までのぞくようなことは失礼だから、どこに住んでいるのかだけでも見てみようと考えて、街を包んでいる魔法をたどりました。

魔導師の家は、すぐに見つかりました。

「今、その人は家にいるのかな……」

サジュエがそう思った瞬間、岬の家の中にいる魔導師と〝眼が合い〟ました。

本書は、二〇〇四年十月、弊社より刊行された単行本『サジュエと魔法の本　上　赤の章』を加筆・修正し、文庫化したものです。

本作品はフィクションであり、実在の人物・団体などとは一切関係がありません。

文芸社文庫

サジュエと魔法の本　上　赤の章

二〇一九年十二月十五日　初版第一刷発行

著　者　伊藤 英彦
発行者　瓜谷綱延
発行所　株式会社　文芸社
〒一六〇-〇〇二二
東京都新宿区新宿一-一〇-一
電話　〇三-五三六九-三〇六〇（代表）
〇三-五三六九-二二九九（販売）

印刷所　図書印刷株式会社
装幀者　三村淳

ISBN978-4-286-21227-2